레플리카 1

Replica

레플리카¹

조작된 기억

한정영
장편소설

이지북
EZbook

차례

세인

동맹시 안보국장과 평의회 부위원장의 아들. '요한슨 증후군'이라는 병으로 1년간 치료를 받았다. 그 뒤로 승부욕이 강해져 원래는 좋아하지 않았던 불법 서바이벌 게임인 '로즈 게임'을 즐기게 된다. 하지만 자주 환각을 보고 기억이 혼란스러운 자신의 정체에 대해 의구심을 품고 있다.

리아

세인의 소꿉친구. 동맹시 시민이지만 클론의 생존권에 관심이 많다. 세인에게 제3 거류지에 대해 알려 준 장본인으로 세인의 여자친구라는 오해를 받는다.

녹두

제3 거류지에서 만난 의문의 여자. 세인에게 진실을 알려 주려 하며, 끊임없이 세인을 돕는다.

은별

컴퓨터를 다루는 솜씨가 남다른 소년. 세인과 묘한 공통점이 있다.

네오 호크

위성지구 출신의 비밀스러운 인물. 동맹시에 대한 적개심이 크다. '로즈 게임'의 몹으로도 활동하며 은밀하게 제3 거류지 사람들을 돕고 있다.

류지호

세인의 아빠이자 동맹시 안보국장. 위성지구 출신이지만 동맹시에서 성공한 인물로 세인에게 지나치게 엄격하다.

그림 속 여자

동맹시 7-큐브 전시실에 전시되어 있는 그림 속의 여자. 세인의 환각 속에 자꾸 등장한다.

패티 티슈

의료용으로 제작된 클론 중 장기 적출 후에도 살아남은 클론. 동맹시 사람들은 그들을 비하하여 '지방 덩어리'라는 의미의 '패티 티슈'라고 부른다.

무장 순찰대 요원

동맹시 치안을 담당하는 보안국 소속 경찰. 근력 강화 조끼와 전기충격봉으로 무장하고 있다.

로즈 게임

뒤로 빠르게 물러나면서 건물 사이의 거리를 어림잡아 계산했다. 약 3미터. 운만 따른다면, 반대편 건물로 뛰어드는 건 어렵지 않아 보였다. 나는 5층 옥상에 있고, 목표 지점은 3층이니까.

문제는 저편 건물에 몹이 얼마나 우글댈지 알 수 없다는 점이었다. 한꺼번에 놈들을 해치우기는 쉽지 않겠지만 선택의 여지가 없었다. 다시 1층으로 내려가 옆 건물로 들어가려면 꽤 많은 시간이 필요하다.

지금 남은 시간은 고작 15분 안팎. 그 안에 몹을 모두 제거하고 붉은 장미를 손에 넣지 못하면, 모든 게 허사였다.

마음을 정하고 뒤로 더 물러났다. 옷깃을 바짝 추켜올리고 숨을 한껏 들이쉬었다. 달리면서 다음 행동을 계산하고, 동시에 스마트 건의 스위치를 ON으로 바꾸었다. 탄환이 얼마 남지 않은 것을 확인하고 옥상 난간 모서리를 발끝으로 힘있게 밀었다. 몸이 허공을 크게 날았고 귓가에 바람 소리가 스쳤다. 생경한 느낌이 빠르게 온몸으로 퍼져나갔다. 하지만 그걸 충분히 만끽할 사이도 없이, 유리창을 깨부수며 건물 3층 안으로 들어갔다. 자잘한 유리 파편이 얼굴에 튀어 나는 곧바로 바닥을 짚으며 앞구르기를 했다.

오른쪽 책상 앞에 한 명, 그 옆 벽 쪽에 또 한 명, 저편 문 옆에 두 명. 파악을 끝낸 나는 재빨리 몸을 추스르고 일어나 앉은 자세에서 팔을 쭉 폈다. 가장 먼저 책상 앞의 몹을 검지와 중지로 겨누었다. 그리고 두 손가락을 까닥거렸다. 팔목에 장착한 스마트 건에서 손등을 스치며 탄환이 발사되었다.

파팍! 몹이 입은 전자 조끼에서 파란 불꽃이 튀었다.

"어억! 윽!"

몹은 비명과 함께 온몸을 파르르 떨며 쓰러졌다. 탄환

이 전자 조끼에 박히는 순간 200볼트의 전기가 흐르게 되어 있으니 충격이 클 것이다.

나머지 셋을 향해서도 빠르게 스마트 건을 쏘았다. 그들 역시 온몸을 뒤틀며 쓰러져 정신을 잃었다. 짜릿한 성취감이 온몸에 퍼졌다.

"넷, 제거 완료!"

나는 고글 오른쪽 테를 문지르며 낮은 소리로 말했다. 물론 꼭 그렇게 하지 않아도 내 눈앞의 모든 상황은 고글 양쪽 렌즈 사이에 삽입된 초소형 카메라로 게이머 모두에게 전송되고 있지만, 나만의 축하 의식이었다.

'그런데 장미는?'

쓰러진 몹을 하나씩 살펴보았지만 보이지 않았다. 어느 몹에게도 붉은색 장미는 그려져 있지 않았다.

"리더를 찾아야 해……."

나는 혼잣말하며 두리번거렸다. 사방 벽은 군데군데가 부서지고 온갖 낙서들로 가득했다. 부서진 책상과 의자, 용도를 알 수 없는 녹슨 쇠붙이 조각들, 플라스틱 물통이 너저분하게 널려 있었다. 무너진 천장 아래쪽에는 벽돌 잔해가 수북했다. 하긴 수십 년간이나 버려진 건물이니

어느 곳인들 온전할 리 없었다.

나는 슬쩍 눈을 치켜뜨고 고글 렌즈 왼쪽 위에 비친 숫자를 확인했다.

―09:25

채 10분도 남지 않았다. 생각할 겨를도 없이 서둘러 출입구 쪽으로 내달았다. 그러나 문을 박차고 한 걸음 내딛자마자 나는 뭔가 잘못된 것을 깨달았다.

"으아악!"

나는 비명을 지르며 아래로 떨어졌다. 순식간에 머리와 허리, 그리고 오른쪽 다리를 어딘가에 부딪쳤다. 통증이 심해서 한참 동안 일어날 수가 없었다. 정신을 차려 보니 잔뜩 쌓여 있는 쓰레기 더미 위로 떨어진 것 같았다.

"아앗, 씨……!"

터무니없는 실수를 한 게 화가 나 소리를 질렀다. 문 앞에서부터 계단은 끊겨 있었다.

그때, 인기척이 나면서 허물어진 벽을 타고 누군가가 넘어왔다.

'남아 있던 몹이 넷 아니었어.'

깨닫는 순간 그의 오른쪽 어깨에 C-9라고 쓰인 표식이 가장 먼저 눈에 띄었다. 키가 나보다 한 뼘쯤은 컸고 몸이 탄탄해 보였다.

눈이 마주치자마자 놈은 무작정 나를 향해 몸을 날렸다. 나는 급히 몸을 왼쪽으로 굴려 가까스로 놈을 피했다. 반사적으로 놈을 향해 두 손가락을 겨눴지만, 스마트 건은 작동되지 않았다.

'아차!'

이미 남은 탄환을 다 써 버린 것이 떠올랐다. 우선 몸을 일으켰다. C-9호가 다시 나를 향해 다가왔다. 놈은 내 목에 걸려 있는 붉은색 장미 모양의 펜던트를 노리고 있었다. 그 순간 놈의 손등에 새빨간 장미가 바코드처럼 찍혀 있는 것을 확인했다. 놈이 리더였다.

그때 고글 렌즈 위 숫자가 다시 깜박였다.

─05:12

숫자를 확인하자 마음이 급해졌다. C-9호와 마주 서서 빈틈을 노렸지만, 만만치 않아 보였다. 각진 얼굴, 툭 튀어나온 이마, 파란색 눈동자. 참으로 어울리지 않는 조합이었다. 도대체 어떤 놈의 DNA를 받은 걸까? 아니, 저 정도라면 유전자 편집증에 걸린 놈의 장난으로 태어난 괴물이 아닐까 싶을 정도였다. 생김새와 어울리지 않게 유독 근육질로 울퉁불퉁한 팔은 더욱 기괴한 느낌을 주었다.

'하긴 로즈 게임의 몹이 이 정도는 되어야지, 너무 쉬우면 재미없잖아?'

나는 허세를 부렸다. 물론 믿는 구석이 있긴 했다. 몹에게는 게이머를 공격할 권한이 주어지지 않았다. 몹 역할을 하는 클론은 어떤 경우에도 게이머에게 위해를 가할 수 없었다. 다만, 게이머의 공격을 방어하고 게이머의 목에 걸린 장미 모양의 펜던트를 빼앗기 위한 단순한 몸싸움만 허용될 뿐이다.

그 사실을 떠올리며 용기를 냈다. 주먹을 쥐고 한 발 나서려는데, 옆쪽 부서진 창 너머에서 또 다른 몹이 나타나 거칠게 나를 밀쳐 냈다. 놈의 전자 조끼에는 C-8이란 번호가 쓰여 있었다. 놈이 내 목을 더듬었지만 나는 재빨리 몸을 틀어 빠져나왔다.

놈이 다시 한번 나를 거칠게 밀었다. 나는 놈을 피하다가 발을 삐끗했고, 제풀에 넘어지며 한쪽 벽에 머리를 세게 부딪치고 말았다.

"아아악!"

충격이 컸다. 몹시 어지러웠고, 식은땀이 흘렀다. 그 틈에 몹들은 잔뜩 경계하는 자세를 취하고 이쪽으로 다가왔다.

"안 돼!"

나는 소리쳤다. 순간, 이상한 자극이 온몸으로 퍼져나갔다. 몸 곳곳에 무슨 전류라도 흐르는 느낌. 조금 전까지만 해도 도무지 움직일 것 같지 않던 몸이 꿈틀댔다. 처음엔 웅크리고 앉는 것도 힘들었는데 곧 벌떡 일어날 수 있었다. 잠시의 틈도 없이 나는 뒤를 돌아 반대편 벽을 향해 달렸다. 뒤미처 그 벽을 박차고 몸을 돌려 왼발로 C-9호의 턱을 걷어찼다. 놈은 꽥 소리를 내지르며 넘어졌다. 이어 옆에서 달려드는 C-8호를 돌려차기로 제압했다.

그 일련의 과정이 매우 빠르고 일사불란해서 나는 엄청나게 놀랐다.

'지금 무슨 일이 일어난 거지?'

하지만 아무래도 좋았다. 지금은 게임을 끝내는 게 우선이니까. 나는 쓰러져 버둥거리고 있는 두 놈에게 다가갔다. C-9호 앞에 무릎을 꿇고 바이오 워치로 빨간 장미를 스캔하려는 순간이었다. 문득 환각이 떠올랐다.

긴 생머리를 한 사십 대 여자의 얼굴이었다. 그녀는 미소를 지었지만 창백한 얼굴 때문인지 슬퍼 보였다. 손에는 빨간 장미 한 송이를 쥐고 있었다. 그 모습이 눈앞에 실제로 있는 것처럼 생생하게 비쳤다가 사라졌다.

'아, 왜 자꾸만…… 한두 번도 아니고!'

짜증이 났다. 처음에는 한가할 때만 문득 떠오르곤 하더니 왜 하필 지금. 이전에도 그랬듯이 환각은 곧 사라졌지만 동시에 머리가 깨질 듯이 아팠다. 그사이 C-8호가 일어나 나를 다시 밀쳤다. 미처 방어할 틈이 없던 나는 벽까지 밀려나 부딪쳤다. 그 순간 고글의 렌즈에 빨간 글씨가 반짝였다.

Rose Game Stage I 도시정벌, Game Over!

C-9호는 C-8호의 부축을 받으며 벽 너머로 유유히 사라졌다. 내 목에 걸렸던 펜던트도 어느새 보이지 않았다.

"세인, 빨리 나와. 무장 순찰대야!"

고글과 연결된 이어폰에서 래이의 긴급한 목소리가 흘러나왔다. 그래도 나는 여전히 멍한 상태였다.

"세인, 못 들었어? 어서 나와! 건물 1층으로 내려오면 서쪽에 뒷문이 있어. 3분 후에 차 대기시킬게. 어서 그쪽으로 이동해!"

"……?"

"세인! 세인!"

거듭 외쳐 대는 목소리에 비로소 정신이 들었다.

"뭐, 뭐라고? 방금 뭐라고 했어?"

"무장 순찰대가 나타났어! 1층 서쪽 뒷문으로 와."

무장 순찰대의 은빛으로 빛나는 제복을 떠올리자마자 목덜미가 서늘해졌다.

"아, 알았어!"

대답하면서 C-9호가 나타났던 벽 뒤에 있는 문을 열고 나섰다. 서둘러 계단을 따라 내려가자 널따란 공간이 나타났다. 건물의 로비로 쓰였던 곳 같았다.

바닥 곳곳에 모래가 쌓여 있었다. 물에 잠겼을 때의 흔적일 것이다. 하긴 어떤 건물 안에서는 아직도 생선 뼈나 조개껍데기가 발견되곤 하니까. 나는 두리번거리며 서쪽을 가늠했다. 빨간색 페인트로 커다란 해골이 그려진 출입구가 보였다.

그 문을 열자마자 새까만 차가 바로 앞에 와서 멈췄다. 조수석의 창이 열리고 다로의 얼굴이 드러났다.

"어서 타!"

나는 재빨리 뒷좌석에 올라탔다.

"세인, 왜 그랬어? 장미를 스캔할 시간은 충분히 있었던 것 같은데?"

래이가 급하게 차를 출발시키면서 물었다. 나는 대답하지 않았다. 아니, 할 말이 없었다. 나도 도대체 내가 왜 그랬는지 모르겠으니까. 뭔가 더 묻고 싶은 듯 래이가 차의 룸 미러로 나를 힐끔거렸다. 하지만 그전에 다로가 목소리를 높였다.

"더 밟아, 어서! 여기서 붙잡히면 끝장인 거 알지?"

다로는 사방을 경계하며 재촉했다. 하늘에서는 위치 추적용 드론이 따라오고, 도로에서는 은빛의 순찰대 차량이 쫓아오고 있었다. 래이는 차의 속도를 더 높였다. 스마트 도로가 아닌 곳에서도 빠른 속도를 낼 수 있도록 개조된 차가 요란한 소리를 내면서 앞으로 나아갔다.

"래이, 이 길이 맞는 거야?"

"맞아, 길을 좀 봐. 여길 어떻게 더 빨리 달리란 말이야?

고스트가 정해준 지점으로 가고 있단 말이야!"

답답했던지 래이가 소리를 뺵 질렀다. 그 말에 다로의 기세가 한풀 꺾였다. 고스트라는 이름이 나왔기 때문일 것이다. 로즈 게임을 만든 장본인인 고스트는 이 불법 게임을 아주 철저하게 관리했다.

길은 거칠었다. 그래도 한때는 잘 뻗은 아스팔트 길이었을 도로는 곳곳이 패였고 이따금 부서진 건물 잔해가 앞을 가로막았다. 포장이 벗겨진 곳에는 잡풀이 사람 키만큼 높이 자라 있었다. 래이는 방해물을 피하려 핸들을 자주 꺾었고, 그때마다 차는 넘어질 듯 위태로웠다. 하지만 덕분에 스마트 도로에만 익숙한 무장 순찰대 차량은 맥을 못 추고 느려졌다.

"경고한다. 지금 즉시 차를 멈추고 보안국 순찰대 요원의 지시에 응하라! 너희들은 허가를 받지 않고 폐쇄 구역에 출입하였으며, 불법 게임 및 의료용 대안 생체에 무단으로 위해를 가한 혐의를 받고 있다. 경고를 무시할 경우, 체포된 후 약물 투여 및 무기한 격리 조치 될 수 있다. 지금 즉시……."

드론이 아까보다 더 낮게 날아왔다. 당장이라도 차 앞

을 막아설 태세였다. 나는 코웃음을 쳤다.

'쳇, 자기들이 언제부터 클론을 아꼈다고! 살아 있는 쓰레기 취급이나 하면서.'

잡히면 약물 투여를 당할 수도 있다니 마음이 조급해졌다. 주사를 통해 약물이 투여되면 일정 기간 동안 생체 활동이 중지된다. 사람들은 약물로 격리된 사람들을 '숨 쉬는 미라'라고 불렀다.

"찾았어. 저곳이야!"

래이가 소리쳤다. 대형 건물이 무너진 잔해 사이로 파충류의 눈깔처럼 새까만 터널 입구가 보였다.

속도를 올린 차는 더 심하게 덜컹거렸고, 그에 따라 몸이 제멋대로 흔들렸다. 그러는 동안에도 나는 뼈대만 남은 빌딩들을, 길가에 버려진 차와 온갖 쓰레기와 오물로 뒤덮인 거리를 쳐다보았다.

차가 터널 안으로 들어갔다. 캄캄한 터널 안을 들어서고 얼마 안 돼 퍽, 하는 소리가 나더니 빨간 불을 반짝거리며 따라오던 드론이 맥없이 땅바닥으로 떨어졌다.

그리고 잠시 후, 자동차 앞쪽에서 누군가가 모습을 드러냈다. 그는 재빨리 달려와 부서진 드론을 더 밟아 산산

조각 내고는 우리를 향해 차에서 내리라는 신호를 보냈다. 그의 어깨에는 무장 순찰대 요원이나 가지고 있을 법한 플라스틱 합성탄 소총이 걸려 있었다.

다로가 제일 먼저 내리면서 물었다.

"당신이 고스트인가요?"

"쓸데없는 소리 하지 말고 저쪽으로 가!"

위아래 검은 옷에, 마스크까지 쓴 그는 저편을 향해 손을 뻗으며 단칼에 잘라 말했다. 그가 이맛살을 잔뜩 찌푸리자 왼쪽 이마에 있는 깊은 흉터가 선명하게 보였다. 나는 그의 팔목에 '포레스트'라고 새겨진 글자를 발견했다. 그의 손끝은 터널의 벽면 어딘가를 가리켰다. 벽면 한쪽이 움푹 파여 있었다. 우리는 그쪽으로 걸음을 옮겼다.

벽은 멀리서 보던 것과는 달리 깊었고, 더 안쪽에는 녹슨 철문이 있었다. 나와 래이가 비상용 플래시를 켜고 안으로 들어서자 쇠파이프로 만들어진 비상용 사다리가 보였다. 가장 먼저 다로가 사다리 위로 오르기 시작했다.

돌아보니 검은 옷의 남자는 밖에서 철문을 닫고 있었다.

"이제 순찰대를 확실히 따돌린 거겠지? 아까는 오줌이라도 지리는 줄 알았어."

제일 앞서 사다리를 오르던 다로가 맨 뒤에 오는 래이
도 들을 수 있게 목소리를 높였다. 래이도 나도 아무런 대
답을 하지 않자 다로가 내게 말했다.

"세인, 넌 도대체 언제 그런 재주를 익힌 거야? 완전히
날아다니던데. 병원에 입원했던 게 아니라 무슨 훈련이라
도 받고 온 거야?"

"그런 거 아니야. 나도 잘…….."

나는 대꾸하다가 말고 입을 다물었다. 퇴원한 지 고작
1년이 지났을 뿐인데, 몸에 또다시 문제가 생긴 것인지도
모른다. 내 것이 아닌 것처럼 부자연스럽게 움직이는 몸
과 최근 들어 잦아진 환각이 아무래도 예사롭지 않았다.

'아니, 의사 선생님이 더는 큰 문제가 없을 거라고 했어.'

나는 걱정을 떨치려 고개를 저었지만 머릿속은 여전히
어지러웠다.

요한슨 증후군, 그게 내 병명이다. 뇌 손상으로 특정 시
기의 일을 기억하지 못하며, 동시에 직접 겪지 않은 일인데
도 실제 기억으로 착각하는 병. 뇌세포가 죽어 가면서 기억
회로에 교란을 일으키기 때문에 발생하는 거라고 했다.

내 어깨를 토닥이며 격려하던 주치의 말이 생각났다.

"2061년에 요한슨이란 사람에게서 처음 발견된 병이지. 꾸준히 약물 치료하고 수술 받으면 호전되니까, 너무 걱정할 필요는 없어."

　나는 그를 믿었다. 약 1년간의 격리 치료와 입원을 반복하면서 몸이 달라진 것도 사실이니까.

　그런데 갑자기 왜 이럴까. 수술 후유증이나, 부작용일까? 지금까지 한 달에 한 번씩 통원 치료를 받는 동안, 이런 증상이 거의 없었는데.

　"도대체 왜 그런 거야? 너답지 않았어. 장미를 스캔했어야지. 그럼 우리가 이길 수 있었는데⋯⋯. 그럼 3연승이니까 검은 장미를 받을 수도 있었잖아."

　묵묵히 사다리를 오르던 래이가 입을 열었다. 차에서도 했던 말이었다. 다로가 거들듯이 한마디 던졌다.

　"아까워할 필요 없어. 바이크 헌터에서 만회하면 돼."

　"그건 너무 위험해."

　다로의 말에 래이가 대꾸했다. 목소리가 조금 컸는지 사다리 통로에 웅웅 울렸다.

　"그러니까 더 긴장감이 넘치지! 안 그래? 로즈 게임은 그게 매력이잖아. 실제로 전쟁하고, 실제로 사냥하는 느낌이란 말이야. 패티 티슈를 하나씩 잡을 때마다 얼마나 짜릿한데! 너희들은 그런 거 못 느꼈어? 이런 걸 어른들은 왜 금지하는 거야, 자기들도 하면서!"

다로는 사다리에서 잠시 멈추고 엄지손가락을 치켜들었다.

로즈 게임의 가장 큰 매력은 내가 스마트 건을 쏘면 몹이 눈앞에서 실제로 쓰러진다는 것이다. 몹은 모두 전자 조끼를 입고 있었으므로 탄환이 몸 어느 곳에든 맞으면 약 200볼트 가량의 전기가 흘러 순간적으로 기절한다. 물론 가끔 들리는 말에 의하면 전자 조끼의 오작동이 자주 발생하고, 그러면 전기 충격이 더 심해져서 심정지가 오거나 장기가 손상되기도 한다고 했다. 그래도 게이머들은 신경 쓰지 않았다. "어차피 패티 티슈잖아!"라는 한마디면 그만이었다. 몹의 역할을 하는 건 대부분 한 번 사용된 적이 있는 클론이었다. 그래서 사람들은 그들을 '지방 덩어리'라는 뜻으로 '패티 티슈(Patty tissue)'라고 불렀다. 입에 담기에 뭔가 껄끄러웠지만 그게 영 틀린 말은 아니었다.

처음부터 그랬던 것은 아니다. 클론은 치명적인 질병 치유를 위해 오로지 의료용으로만 허가되었고 한 번 사용한 클론은 무조건 폐기되었다. 하지만 22년 전 클론 인권 조례가 제정되면서 장기 이식을 한 뒤에도 정상적인 생활이 가능한 클론은 자연적인 수명이 다할 때까지 살 수 있게 되었다. 물론 그 자연적 수명이라는 게 클론들에게는 아주 짧았다.

클론의 상당수는 이미 중요 장기를 '원체(元體)', 즉 원본이 되는 사람에게 이식한 뒤라 정상적인 사람만큼 건강하지 못했고 오래 사는 것도 불가능했다. 어떤 클론은 눈알이 없거나 팔과 다리가 없었다. 빼내진 장기가 무엇이냐에 따라 이상 행동을 하는 클론도 많았다. 그러니 이러한 클론 중 대부분은 전기 충격 한 번에도 치명상을 입는 경우가 허다했다.

그럼에도 불구하고 이들이 몹을 자청하여 게임에 나선 것은 역설적이게도 살기 위해서였다. 몹은 살아남은 클론이 할 수 있는 일 중에서 가장 손쉽고 빠르게 돈을 벌 수 있는 길이었다.

다행인지 불행인지 동맹시 사람들은 로즈 게임에 열광했다. 동맹시에서는 로즈 게임을 불법으로 규정하고 있었지만 그것은 문제가 되지 않았다. 아이들은 초, 중급 레벨인 도시정벌과 바이크 헌터, 어른들은 상급 레벨인 글래디에이터와 스나이퍼 게임에 몰두했다. 게임 참가비가 꽤 비쌌기 때문에 상류층 사람들이 주로 즐겼지만 소문에 힘입어 더 많은 사람이 줄을 섰다. 터무니 없이 비싼 값을 치르더라도 하고 싶어 안달이었다.

나는 생각을 멈추고 부지런히 사다리를 올라갔다. 오래지 않아 사다리 끝에 다다른 다로가 멈추더니 손을 뻗어 뭔가를 만지작거렸다. 잠시 후, 뚜껑 같은 것이 열리고 환한 빛이 쏟아져 들어왔다.

사다리를 벗어나 땅을 밟고는 사방을 둘러보았다. 산중턱이라 폐쇄 구역이 한눈에 들어왔다. 황사와 미세먼지 때문인지 폐쇄 구역 쪽의 하늘이 누렇게 물들어 있었다.

나는 한참 동안 폐쇄 구역을 내려다보았다.

학교에서 배운 대로라면 폐쇄 구역은 한때 천만 명이 넘게 살던 거대 도시의 일부였다. 그러나 지금은 버려진 도시일 뿐이었다. 동맹시 사람들에게 그곳은 부랑자가 떠도는 우범 지대였고 범죄자들의 도피처였으며 패티 티슈의 무덤으로 불렸다.

나는 언덕 아래로 이어진 계단을 내려가기 시작했다.

다로는 순착대를 따돌리고 폐쇄 구역을 탈출했다는 사실
에 신이 났는지 경쾌하게 말했다.

"또 다른 게임이 있어. 나중에 영상 구하면 보여 줄게.
아마 너도 좋아할걸?"

거리의 외눈박이 소녀

휘이잇! 철가면을 쓴 검투사의 칼이 허공을 가르며 위협적인 소리를 냈다. 그리고 눈 깜짝할 사이에 상대의 방패를 둘로 쪼갰다. 방패를 잃은 검투사는 금세 새파랗게 질린 얼굴로 뒷걸음질 치다가 달아나려는 듯 등을 보였다. 순간, 철가면을 쓴 검투사가 땅바닥에 버려져 있던 창을 집어 들어 던졌다. 창은 칼보다 더 섬뜩한 소리로 허공을 가르며 도망치는 검투사의 등에 꽂혔다. 파파팟! 전자조끼에서 새파란 불꽃이 튀며 검투사는 고꾸라졌다.

로즈 게임의 상급 레벨 게임 '글래디에이터'의 한 장면이었다.

나도 모르게 헉, 소리를 냈다가 반사적으로 손을 가로 저었다. 그러자 재생되던 홀로그램이 일시에 사라졌다. 곧바로 바이오 워치에서 녹색 불빛이 깜박였다. 홀로그램 화면에 이번에는 다로의 얼굴이 나타났다. 나는 잠시 주 저하다가 통화를 승인했다.

"어때, 실감 나지? 걱정하지 마. 이걸 당장 하자는 건 아니니까. 일단 우린 예정대로 바이크 헌터 게임을 할 거야. 글래디에이터는 바이크 헌터 게임에서 3회 우승해야 자격을 준대."

"아, 알았어. 날짜는……."

그때, 바이오 워치가 다시 깜박거렸다. 리아의 문자였다.

―출발했어?

아차 싶었다. 다로가 보낸 영상을 보기 전에 내가 뭘 하고 있었는지 깨달았기 때문이었다. 나는 지금 엄마의 서재로 올라가는 계단 중간에 어정쩡하게 서 있었다.

"일단 장소랑 시간 알려 줘. 지금은 급한 일이 있어서 끊을게."

급히 말하고 통화를 종료했다. 그리고 뒤꿈치를 들고 계단을 마저 올랐다. 복도를 지나 엄마의 서재 앞에서 숨을 멈추고 조심스럽게 서재의 문을 열었다. 방 안의 대형 스크린에 감색 양복을 입은 남자가 보였다. 그는 과장되게 흥분한 목소리로 말했다.

"오늘도 시청 부근과 동맹시 남문에서는 소요 사태가 있었습니다. 붉은 깃발 사태 이후 더욱 빈번하게 발생하고 있는 이러한 불법 시위에 대해 무장 순찰대는 도시 전역의 순찰을 강화하고, 제3 거류지 주민들의 동맹시 출입을 더 엄격하게 제한하기로 했습니다. 소요 사태의 배후에 반시연대(反市連帶)가 있는 것으로 추정되며, 동맹시 거주자가 일부 포함된 것으로 보여 충격을 주고 있습니다. 동맹시 보안국은 무장 순찰대를 직접 지휘하여 곧 반시연대 색출 작업에 나설 것이라고 입장을……."

제3 거류지 사람들의 일이야 관심 없었지만, 요즘 들어 부쩍 잦아진 반시연대 시위에 관한 뉴스는 신경이 쓰였다. 아이들 사이에서도 폭동이 일어날지도 모른다는 둥 출처를 알 수 없는 말들이 떠돌고 있었다.

하지만 그러려니 하며 숨죽인 채 안으로 숨어들었다. 문에 뭔가 닿아서 탁 소리가 났지만, 다행히 엄마는 베란다에 나가 있어서 듣지 못한 듯했다. 엄마는 한 손에는 커피잔을 들고, 나머지 한 손으로 베란다 난간을 붙잡고 있었다. 등 너머로는 울창한 숲이 보였다. 이름을 알 수 없는 붉은색 긴 꼬리를 가진 새가 날아다녔고, 이따금 화려한 은빛 나비가 엄마의 머리 위를 얼쩡거렸다. 엄마는 지금처럼 초고밀도 디지털 영상이 만들어 놓은 화려한 정원이나 숲을 내려다보면서 차를 마시거나 음악을 듣는 걸 좋아했다.

'어쨌든 잘됐다.'

엄마는 정원에 있는 동안에는 항상 바이오 워치를 끄

고 있었다. 물론 바이오 워치가 꺼졌을 때는 방 안에 있는 개인용 AI가 그 역할을 똑같이 대신하니까 그걸 찾아내야 했다. 나는 서재의 책상 아래로 기어들어 책상 한쪽에 있는 엄마의 왕관 모양 AI를 찾아냈다. 그것은 손바닥만 한 육각형 와이파이 접시 위에서 5센티미터쯤 허공에 뜬 채 반짝반짝 빛을 내고 있었다. 서둘러 내 바이오 워치의 해킹 프로그램을 작동시켜 엄마의 차 면허 코드를 읽어 냈다. 전부 다운받는 데 5초도 걸리지 않았다.

리아를 데리고 롯 타워까지 가려면 엄마의 면허가 필요했다. 청소년에게 발급해 주는 자율 주행 면허증은 속도에 제한이 있고, 수동 운전이 불가능했다. 제3 거류지를 오갈 때도 절차가 까다로웠다.

그에 비해 어른들의 면허에는 주행 속도에 제한이 없고 수동 운전도 가능했다. 무엇보다 엄마처럼 특수한 신분이면 제3 거류지로의 출입이 자유로울 뿐만 아니라 체류 시간의 제한도 없었다. 필요하면 보안국에 경호를 요청할 수도 있었다. 리아는 아마도 그런 점들 때문에 내게 같이 가자고 했을 것이다.

그런데 하필이면 그때, 왕관을 닮은 엄마의 AI에서 소리가 났다. 전화 착신음이었다.

"여기서 받을게. 이쪽으로 연결해."

베란다에 있던 엄마는 그 자리에 선 채로 말했다. 나는 빠르게 뒷걸음질 쳤다. 막 빠져나오려는 순간, 엄마의 목소리가 날카롭게 울렸다.

"지금 그게 무슨 소리예요, 오류라니요? '휴먼 AI 3세대'는 거의 무결점이라고 하지 않았어요? 자세히 말해 보세요."

나는 엄마의 흥분한 목소리에 놀라 동작을 멈췄다. 엄마가 볼륨을 키웠는지 통화 상대방의 음성까지 들렸다.

"통화로 자세히 말씀드리긴 어렵고, 다만 뇌파와 혈류, 호르몬의 분비 등이 정상 수치를 조금 벗어나고 있습니다. 아주 큰 문제는 아니지만 부분적으로 오류가 발생하고 있어서 연락을 드린 겁니다."

"설마 2세대의 경우처럼……."

"그런 건 아닙니다. 사실 이 사안도 긴급한 것은 아니지만 위원님께서는 저희 VIP 고객이시기 때문에 서비스 차원에서 미리 말씀드린 것입니다. 안심하시고, 일주일 내에 방문해 주십시오."

"제가 얼마나 불안해하고 있는지 아시죠? 오류라니요, 그게 말이 돼요? 숨 막힌다고요! 혹시라도 고장이 나서 우리 가족에게 해를 끼치기라도 하면……."

"절대로 그런 일은 없습니다, 위원님. 정확한 진단을 해 보자는 것일 뿐입니다."

목소리가 익숙했지만 누군지 알 수는 없었다. 왠지는 몰라도 음질 상태가 아주 좋지 않았다. 엄마의 목소리가 몹시 긴장된 것에 비해 저편의 목소리는 매우 차분했다. 잠시 후, 전화는 끊어졌다.

'누가 아픈가? 엄마? 설마 아빠는 아니겠지. 그런데 오류는 뭐고 해킹은 또 무슨 말이야? 휴먼 AI 3세대?'

잠깐 생각하다가 별일 아니겠지 싶어 재빨리 서재를 빠져나와 계단을 타고 아래층으로 내려갔다. 그리고 얼른 현관을 지나쳐 차고로 달려갔다.

"너 또 엄마 면허 해킹했지?"

차고 앞에는 팔짱을 낀 세나가 버티고 서 있었다. 몸에 착 달라붙는 운동복 차림이었다. 한참을 뛰고 온 듯 이마에 땀이 송골송골 맺혀 있었다.

"야! 오빠한테 너라니?"

"쳇, 고작 한 살 차이 가지고. 어쨌든 지금 리아랑 제3거류지 가려는 거잖아. 맞지? 두 사람이 그렇고 그런 사이란 거, 소문 다 났거든!"

나는 세나의 말에 코웃음을 쳤다. 리아와는 어릴 때부터 단짝이었고, 남들이 뭐라든 신경 쓰지 않았다.

차고의 문을 열고 빨간색 차 앞으로 다가갔다.

"아무튼, 오빠가 내 말 들어주면 엄마한테 안 이를 수도 있는데?"

세나가 앞을 가로막고 말했다. 나는 더 어쩌지 못하고 세나를 노려보았다.

"원하는 게 뭐야?"

"진작에 그렇게 나왔어야지. 나도 게임에 끼워 줘! 바이크 헌터 게임 한다며?"

"너……."

"내가 모를 줄 알았어? 물론 내 참가비는 내가 낼 거야. 나도 그 정도 용돈은 있으니까."

뜻밖의 말이라 나는 잠시 말을 잃고 세나를 쳐다봤다.

"그 표정은 뭐지? 내가 오빠보다 못할 것 같아? 바이크는 훨씬 잘 탈걸?"

"그게 아니라…… 꼭 그런 게임을 해야겠어? 위험하고 잔인하잖아."

"무슨 늙은이 같은 소리야. 지금 나 걱정해 주는 거야? 하긴 오빠는 그런 게임 싫어하지? 그런 거 보면 남매인데도 참 달라."

틀린 말은 아니었다. 남매임에도 세나와 나는 생김새, 성격, 취미, 좋아하는 음식까지 닮은 데가 하나도 없었다. 고개를 끄덕이며 차에 올라탔다. 그러자 세나가 차 문을 붙잡고는 물었다.

"근데 오빠는 왜 손도 안 대던 게임을 갑자기 하는 거야?"

선뜻 대답하기가 어려웠다. 그걸 눈치챘는지 세나는 씩 웃고는 서너 걸음 뒤로 물러섰다. 나는 차의 시동 버튼을 누르고 곧바로 자율 주행 모드를 설정했다. 내비게이션 화면이 켜지고 안내 음성이 나왔다.

—최근 목적지는 동맹시 평의회, 시청, 제2 위성지구 공립병원, 세림 우주 투어 여행사입니다. 이 중에서 선택하시겠습니까? 아니라면 정확한 건물 이름이나 새 좌표를 말씀해 주십시오.

"동맹시 남문 3번 출입구."

요청에 따라 차가 출발했고, 나는 긴 숨을 내뱉었다. 세나의 질문이 마음에 걸렸다.

세나의 말대로 나는 게임을 그다지 좋아하지 않았다. 게임에 빠진 친구들은, "놈들을 하나씩 해치울 때마다 가슴속을 짓누르던 커다란 돌멩이가 산산조각 나는 것 같아" "정말 짜릿하지 않아? 패티 티슈 놈들을 하나씩 제거하면 피가 뜨거워지는 기분이야" 같은 말을 서슴지 않고 했지만 나는 그런 이유 때문에 게임을 하는 게 아니었다. 그저 뭐든지 지고 싶지 않았다.

— 목적지까지 1킬로미터 남았습니다. 속도를 조절하여 1분 17초 후, 정지하도록 하겠습니다.

이런저런 생각 중에 차는 도심 고속도로를 막 통과해 상업지구 초입에 들어서고 있었다. 그리고 잠시 후, 차가 느려지면서 도로 옆 인도에 서 있는 리아가 보였다. 리아도 이쪽을 확인했는지 손을 흔들었다.

차는 곧 멈췄고, 오른쪽 문이 위로 접혀 올라갔다.

"고마워!"

리아는 차에 오르자마자 말했다. 나는 그냥 웃기만 했

다. 그러자 리아도 따라 웃었다. 발그레한 뺨과 평소보다 조금 더 붉게 칠한 입술에 나도 모르게 자꾸 눈길이 갔다.

나는 목적지를 재설정했다. 차는 곧 남부 경관 도로를 달렸다. 남부 경관 도로에서는 저 멀리 파란 수평선이 흐릿하게 보였다. 바다였다. 정확히 말하면 강이었다가 해수면 상승으로 강의 서남쪽이 침수되면서 이제는 바다가 된 곳이었다.

해수면 상승은 2049년부터 예상보다 빠르게 가속화되었고, 10년 뒤에는 도시의 서남쪽 대부분이 침수되었다. 이때 — 아니, 사실은 그 이전부터 — 재력가들과 정치인들을 중심으로 미래 동맹이 결성되었고, 이들은 엄청난 돈을 투자해 강 북쪽 높은 지대에 새 도시를 건설하고 방파제를 쌓았다. 그럼으로써 이전과는 전혀 다른 새로운 도시가 생겨났는데, 그 도시가 바로 '동맹시'다.

완전한 자율 주행 교통시스템, 99층짜리 맨션 단지, 무장 순찰대에 의해 통제되는 완벽한 치안, 클론을 허용한 의료 복지 실현, 바이오 워치 삽입을 통한 시민 직접 케어, 개별 AI 지급……. 모든 혜택이 동맹시에 집중되었다. 동시에 방파제 밖의 모든 것은 버려졌다.

다행히 2075년을 기점으로 해수면이 다시 낮아지기 시작했고, 20년 이상 물속에 잠겼던 도심의 일부가 다시 물 위로 드러났다. 하지만 동맹시는 폐허가 된 구도심을 폐쇄했다. 부식된 건물들은 붕괴의 위험이 있고, 언제 해수면이 다시 상승할지 모른다는 게 표면적인 이유였다. 하지만 하층민 일부와 클론들이 구도심에 모여 살기 시작했기 때문에 이들을 통제하려는 것이 진짜 목적이었다.

"고마워. 제3 거류지에 대한 논문이 통과되면 소감문에 네 이름 꼭 넣어 줄게!"

멍하니 생각에 잠긴 채 바다를 보고 있는데 갑자기 리아가 말했다. 돌아보자 리아가 싱긋 눈으로 웃었다.

"같이 가 줘서 고맙단 뜻이야."

그 말에 나도 미소를 지었다.

경관 도로는 그 이름에 걸맞게 폐쇄 구역 일대와 그 너머의 바다가 한눈에 보였다. 도로에 차가 많지 않아 속력은 빨랐고, 곧 동남쪽에서 하늘 높이 치솟은 건물 하나가 보였다. 롯 타워였다. 총 101층이라고 알려진 롯 타워는 해수면이 최고로 상승했을 때도 18층까지밖에 잠기지 않은 곳이었다.

롯 타워를 처음 갔을 때 리아가 했던 말이 떠올랐다.

"저곳을 왜 롯 타워라고 부르는 줄 알아? 해수면 상승과 해일로 도심이 다 폐허가 됐을 때, 저 건물의 원래 이름이 지워지고 L, O, T. 세 글자만 남았대. 그때부터 롯 타워라고 부른대. 지금은 자율권을 확보한 클론과 하층 시민 일부가 사는 장소가 되어서 저곳에서만 무려 2만 명 이상이 살고 있대."

곧 차는 동맹시의 남문을 통과해 제3 거류지로 가는 물의 다리 위에 들어섰다. 비가 오지 않았는데도 다리 위가 젖어 있는 것을 보면 만조였다가 물이 빠진 지 얼마 되지 않은 모양이었다. 잠수교인 물의 다리를 절반쯤 지나자 내비게이션의 안내가 흘러나왔다.

— 앞으로 1.5킬로미터 전방 지점 이후는 자율 주행이 불가능합니다. 수동 운전 모드로 전환하시겠습니까?

수동 모드로 전환한 뒤, 다리를 건너자마자 차를 세웠다.

"이곳 제3 거류지에만 얼마나 많은 클론이 사는지 알아? 5만! 정말 어마어마한 숫자지? 동맹시는 이들에게 인식표를 주고 관리하고 있지. 그게 있어야 동맹시로부터 최소한의 지위를 보장받을 수 있어. 가령 일을 하기 위해 동맹시를 오갈 때라든가. 아니, 제3 거류지의 거주민으로 살려면 어쨌든 인식표가 있어야 해. 물론 인식표가 없는 사람들도 있어. 죄를 짓고 숨어든 사람이나, 스스로 거부한 사람들도 있고……."

리아는 롯 타워를 향해 걸어가면서 말했다. 주변이 복잡하고 시끄러워서 리아는 마치 웅변이라도 하듯 목소리를 높이고 있었다. 나는 고개를 끄덕였지만 내심 동맹시에서도 상류층에 속하는 리아가 왜 제3 거류지에 관심을 가지면서 논문까지 쓰겠다고 하는 건지 의아했다. 하지만 그 생각을 표현한 적은 없었다. 리아는 내가 다른 아이들과 섞이지 못하고 미술관이나 찾아다닐 때도, 그것 때문에 따돌림을 받을 때도 유일하게 옆을 지켜 준 친구였으니까.

나는 에스코트하듯 리아와 나란히 서 주변을 살피면서 걸었다. 그러다 기겁하고 멈춰 섰다.

작은 몸집의 소녀가 우리 앞에 서 있었다. 긴 머리카락이 양쪽 뺨을 가리고 있는 소녀는, 코가 없었다. 뿐만 아니라 한쪽 머리칼이 옆으로 젖혀졌는데, 그쪽 눈이 없었다. 움푹 팬 자국만 보였고 뺨은 시커멓게 죽어 있었다.

그 소녀가 한 발 다가왔다. 설마 우리를 향해 오는 거라는 생각은 못 하고 나는 주변을 두리번거렸다. 그러나 소녀는 틀림없이 나에게 시선을 고정시킨 채 걸어왔다. 나는 뒤로 몇 걸음 물러나며 길을 비켜서려 했다.

하지만 소녀는 하나밖에 없는 눈을 똑바로 뜨고 내 앞에 섰다. 소녀의 파란 눈이 더없이 반짝였다. 물기 때문에 그런지 몰라도, 아주 작고 예쁜 호수 같았다. 소녀의 처참한 외견과 어울리지 않는 맑은 눈동자 때문에 나는 얼어붙고 말았다.

"당신 맞죠?"

소녀는 나를 빤히 올려다보며 말했다. 그러나 나는 소녀의 말이 무슨 뜻인지 알 수 없었다.

"맞잖아요. 당신이 나의 원체잖아요! 내 얼굴을 돌려주세요."

"무, 무슨⋯⋯. 아니야. 이러지 마."

이럴 때는 어떻게 해야 하는지 알 수 없어서 당혹스럽기만 했다. 나는 손을 크게 내저었지만 소녀는 막무가내였다.

"내 얼굴을 당신이 가져갔어요. 내가 무슨 잘못을 했는데요, 네?"

그렇게 말하면서 소녀는 울었다. 붉어진 눈에서 눈물이 흘러내렸다. 사람들이 우리 쪽을 힐끗거리면서 지나갔다. 돌연 소녀가 목소리의 톤을 바꾸더니 소리쳤다.

"내게서 또 무엇을 가져가려고 왔죠? 심장이 필요한가요? 아니면 뭐죠? 내게서 더 가져갈 게 있나요?"

그러더니 소녀는 머리카락을 쭉 잡아당겼다. 맨머리가 드러났고, 한쪽이 주먹만 한 크기로 푹 패여 있었다. 처참했다. 온몸에 멀쩡한 곳이라고는 없어 보였다. 내가 어쩔 줄 몰라 하자 리아가 나섰다.

"아가야! 괜찮아, 울지 마. 아무것도 가져가지 않아. 아무 일도 없을 거야."

생각보다 리아는 침착하게 소녀를 달랬다. 그제야 나는 소녀가 제정신이 아니란 것을 깨달았다. 그때, 모자를 쓴 남자가 다가왔다. 호리호리했지만, 아주 강파르게 보이는 남자였다.

"우리 제니, 여기 있었구나. 아저씨랑 가자. 맛있는 거 줄게."

남자가 소녀를 번쩍 안아 들자 소녀는 남자에게 파묻

히듯 안겼다. 그러느라 남자의 모자가 조금 벗겨졌고 왼쪽 이마에 붉은 흉터가 드러났다. 수술 자국이었다. 나는 침을 꿀꺽 삼켰다.

멀어지는 그들의 뒷모습을 바라보다가 리아가 말했다.

"클론 중의 절반 이상은 아이들이야. 우리 또래가 제일 많고, 저 아이처럼 어린아이들도 많아. 완전히 성장한 클론보다 자라고 있는 클론의 장기가 더 건강하거든."

나는 대꾸할 수가 없었다. 방금 전 본 상황이 그냥 악몽 같을 뿐이었다. 그런 내 생각을 알아차리기라도 했는지 리아가 한마디 덧붙였다.

"종종 있다고 들었어. 자신의 처지를 비관해서 정신을 놓은 클론 말이야. 나라도 그럴 것 같아. 난 아무런 잘못도 하지 않았는데, 어느 날 마주한 내 얼굴이 저렇다면 제정신일 사람은 별로 없을 거야……. 끔찍한 건 이런 일이 계속 일어나고 있다는 거고."

리아의 말에 나는 기계적으로 고개를 끄덕였지만 여전히 가슴이 심하게 뛰어서 도무지 정신을 차릴 수가 없었다.

패티 티슈

롯 타워가 가까워질수록 사람은 더 늘어났고 거리는 복잡해졌다. 역사책에서나 보던 시장통이었다. 벽돌로 만든 엉성한 가판대나 금방이라도 쓰러질 듯한 천막 아래에서 온갖 음식과 옷을 팔았다. 오래된 통신기기를 팔기도 했다. 어떤 이들은 바닥에 자리를 펴고 정체 모를 잡동사니를 내놓고 있었다. 상인들은 물건을 팔기 위해 소리를 쳤고, 손님들은 흥정하느라 목소리를 높였다. 그 사이를 사람들이 부지런히 지나다녔고, 아이들이 뛰어다녔다.

처음 제3 거류지에 왔을 때는 동맹시 남문 근처만 배회한 것이 전부여서 그 모든 광경이 낯설기만 했다. 나는 경계심을 늦출 수가 없었다. 방금 전에 보았던 소녀와 같은 클론들이 또 달려들 것만 같았다. 그런 내 생각을 읽은 것인지 리아가 밝은 목소리로 말했다.

"동맹시랑은 완전히 다르지? 아마 위성지구도 비슷한 모습일 거야. 그래서 사람들이 동맹시를 꿈꾸는 것 같아. 그 꿈을 이룬 사람들도 있잖아. 우리 할아버지나 너희 아빠처럼."

동맹시 바깥에 자리 잡은 위성지구에는 동맹시 입주권을 얻을 수 없는 사람들이 살았다. 그들은 동맹시에 사는

것이 꿈이었지만 쉬운 일이 아니었다. 동맹시의 입주권을 얻으려면 어마어마한 돈을 지불하거나 동맹시에 크게 기여해야 했다. 혹은 아주 특별한 재능을 가졌거나. 그게 아니라면, 동맹시로 진입할 수 있는 마지막 방법은 바로 동맹시 시민과 결혼하는 것이다. 바로 아빠처럼.

하지만 폐쇄 구역을 복원한 지역인 제3 거류지에 사는 사람들은 달랐다. 그들은 정상적인 방법으로는 결코 동맹시에 살 수 없는 사람들이었다. 대부분 해수면 상승이 시작된 이후에도 거주지를 옮길 수 없는 가난한 사람들이었고, 그 탓에 그들은 한동안 위성지구 일부에 숨어들어 살다가 물이 빠지면서 제3 거류지로 돌아온 것이다. 여기에 클론이 합류해 어울려 살았다.

"누굴 만난다고 했지?"

"녹두. 물론 닉네임이야. 지난달에 논문 자료를 구하려고 여기저기에 도움을 요청했는데, 쉐도우 터널(Shadow tunnel)을 통과한 메시지가 있었어."

나의 질문에 리아는 사람들 틈새를 헤치며 말했다.

"쉐도우 터널?"

"응. 옛날에 다크 넷이라 불리던 것과 흡사한데, 더 정교해졌지. 동맹시의 검열을 피하기 위해서 다양한 통신 수단을 사용해. 심지어 모스 부호도 사용한다더라.”

“모스 부호? 그건 100년 전에나 쓰던…… 아니, 그보다 뭐 하는 사람인데?”

“자세히는 몰라. 그냥 자기도 클론에 대해서 관심이 많댔어.”

리아가 주머니에서 뭔가를 꺼냈다. 손바닥보다 조금 작은 통신기기였다. 리아는 그것을 만지작거리더니 말했다.

“메시지가 왔어. 롯 타워 33층이라는데? W-1707호를 찾으라고……. 일단 거기까지는 걸어가야 할 듯해. 약속 시간이 얼마 남지 않았으니까, 서두르자.”

한 걸음 앞서 나가는 리아 앞으로 롯 타워가 보였다.

사진과 영상으로 본 롯 타워는 클론을 비롯한 거주민으로 바글거렸다. 복도와 계단까지도 그들의 살림살이와 온갖 잡동사니가 가득 쌓여 있어서 어떤 곳은 지나다니기도 힘들어 보였다. 높은 층에 사는 사람들은 하루에 딱 두 번, 3층에서 35층까지만 운행하는 엘리베이터를 타고 다닌다고 했다. 그런 곳에 사람이 살고 있다는 사실이 놀라웠다.

얼마를 더 걸었을까. 널따란 사거리가 보였다. 그 한가운데에 도심과는 어울리지 않는 돌탑이 있었다. 중간중간에 무엇을 뿌려 놓았는지 곳곳이 햇빛을 반사하며 반짝거렸다.

"뭐 해? 이쪽이야!"

잠시 탑 쪽에 시선을 빼앗기고 있을 때, 리아가 팔을 툭쳤다. 나는 얼른 시선을 거두고 리아를 따라 골목 안으로 들어갔다. 그런데 그 순간 튀어나온 누군가와 어깨를 세게 부딪쳤다.

몸이 옆으로 홱 젖혀져 돌아보니, 회색 후드티를 입은 남자였다. 검은색 모자를 쓴 그는 아까 소녀처럼 한쪽 이마가 움푹 파인 데다 침을 흘리고 있었다. 패티 티슈인 듯했다. 나는 싫은 소리를 하려다가 그만두었다.

정신이 온전치 않아 보이는 남자는 뒷걸음질 치다가 또 다른 행인과 다시 부딪쳤다. 몇 사람이 좁은 골목 안에서 뒤엉키자 길이 막혀 버렸다.

순간 뭔가 잘못되었음을 깨달았다. 리아가 보이지 않았다. 나는 사람들을 헤치고 앞으로 나가려 했지만, 길을 막아선 사람들이 틈을 내주지 않았다. 하는 수 없이 바로 옆에 있던 채소 가게 좌판을 밟고 올라가 앞을 바라보았다. 그러자 리아의 뒷모습이 보였다. 리아는 건장한 남자 둘에게 양팔을 붙잡힌 채 끌려가고 있었다.

"이런 미친……!"

나도 모르게 소리쳤다. 곧바로 좌판에서 뛰어올라 엉켜 있는 사람들의 등을 밟고 앞으로 달려 나갔다.

"리아!"

소리를 지르며 달렸지만 사람들과 부딪치느라 속도를 낼 수가 없었다. 가까스로 골목길 모퉁이에 이르렀을 때, 리아는 당장 남자들을 뿌리치려 안간힘을 쓰고 있었다.

"리아를 놔줘, 당장!"

나는 리아를 향해 재빨리 달렸다. 하지만 골목 중간쯤에서 누군가가 나타났다. 나와 처음 부딪친 패티 티슈였다. 비로소 나는 모든 게 계획적이었다는 것을 깨달았다.

'왜지, 돈 때문에? 아니면…….'

아니, 지금은 그게 중요한 게 아니었다. 패티 티슈가 내쪽으로 달려들었다. 내 몸은 로즈 게임을 할 때처럼 반사적으로 반응했다. 나는 마주 달리다 놈이 약 5미터쯤 앞에 다가왔을 때 재빨리 오른쪽 벽으로 뛰어올랐다. 그런 다음 벽을 박차고 놈을 향해 발을 뻗었다. 내 발끝이 놈의 턱에 걸리자 놈은 꽥 소리를 지르며 넘어졌다. 나는 낙법으로 앞구르기를 해 자세를 바로잡았다. 그리고 땅바닥에서 손에 딱 들어오는 돌멩이 하나를 주운 뒤, 리아가 있는 쪽으로 달렸다. 그러자 당황했는지 놈들은 리아를 뒤에서 끌어안듯 붙잡았다. 그중 한 명이 주머니에서 무언가를 꺼냈다. 한 뼘쯤 되어 보이는 칼이 햇빛에 날카롭게 빛났다.

"리아, 고개 숙여!"

나는 그 빛을 향해 손에 쥔 돌멩이를 던졌다. 리아는 소리를 지르며 고개를 숙였다. 돌멩이는 칼을 든 놈의 어깨를 때렸다. 동시에 놈이 뒤로 물러났다. 다행히 그 틈을 타고 리아가 놈들로부터 빠져나왔다. 나는 한달음에 달려가 나머지 한 놈을 밀치고 리아의 손목을 붙잡았다.

"여기서 나가자, 위험해."

바로 몸을 돌렸지만 세 명의 무리가 나타나 길을 막았다.

"세인! 달아나야 해."

리아가 내 팔을 잡아당기면서 말했다. 하지만 나는 움직이지 않았다. 대신 놈들과의 거리를 계산하면서 싸워이길 수 있는 시나리오를 짰다. 계산이 끝나고 나서야 리아에게 신호하고 무리를 향해 걸음을 떼었다. 딱 세 걸음만 걸은 뒤, 허리를 숙여 아까처럼 돌멩이 두 개를 양손에 하나씩 집어 들었다. 그리고 이쪽을 향해 달려오는 무리를 향해 뛰었다.

가속이 붙자 길가에 버려진 박스를 밟고 최대한 높이 도약했다. 가장 먼저 돌멩이 하나를 가장 앞쪽에 선 남자를 향해 던졌다. 돌멩이는 정확히 놈의 오른쪽 어깨에 가서 맞았다. 나는 땅바닥에 착지해 이어서 자세를 낮추고 또 하나의 돌멩이를 던졌다. 그것은 맨 앞에서 다가오던 다리 긴 남자의 무릎을 맞췄다.

둘이 비명을 내지르며 비틀거렸고, 다른 두 명이 잠시 당황한 듯 주춤거렸다. 그사이에 나는 마지막 남은 남자의 가슴을 향해 몸을 날렸다. 나는 앞구르기를 한 뒤, 앉은 채로 다리를 뻗어 빨간 티셔츠 남자의 급소를 올려 찼다. 남자는 괴성을 지르며 벽에 머리를 부딪쳤다. 쿵, 소리가 크게 나면서 옆으로 쓰러졌다. 나머지 무리는 골목 저편으로 달아나는 게 보였다.

"게임 오버."

나는 중얼거리고는 안도의 숨을 내쉬었다. 동시에 의

문이 들었다. 도대체 내 몸에 무슨 일이 일어난 걸까.

그때였다.

"이, 이 사람…… 왜 이래?"

그때, 쓰러진 남자에게 다가갔던 리아가 목소리를 높였다. 나는 놀라서 리아에게 달려갔다. 리아가 붙들고 있는 남자는 눈이 반쯤 뒤집혀 흰자위를 보이고 있었다.

"……패티 티슈야."

"그게 문제가 아니잖아. 설마 죽는…… 어떻게 좀 해봐."

무심코 대꾸한 내 말에 리아는 조바심을 냈다. 하지만 손을 쓸 수가 없었다. 눈동자는 완전히 뒤집어졌고 흐읍, 하는 신음 소리만 반복적으로 내고 있었다.

"어떻게 해……."

"패티 티슈라니까! 그리고 우리가 먼저 공격한 게 아니잖아."

나도 모르게 소리를 높였다. 그까짓 패티 티슈 하나 어떻게 된다고 크게 문제될 건 없다고 속으로 되뇌었다. 지금까지 패티 티슈를 죽였다고 체포된 동맹시민은 한 사람도 없었으니까. 나는 꺼림칙한 기분을 안고 리아를 재촉했다.

"어서 가자. 여긴 오래 있을 곳이 못 돼!"

리아의 손목을 끌어당기며 나가려는데 누군가 앞을 가로막았다. 나는 재빨리 경계 자세를 취했다.

하지만 곧 긴장을 풀었다. 상대는 싸우려는 것 같지 않았다. 나보다 대여섯 살 정도 많아 보이는 여자였다. 빛바랜 검은색 청바지에, 보라색 티와 회색 점퍼를 걸치고 있었다. 그보다 더 눈에 띄는 건 옅게 염색한 붉은색 머리칼이었다.

"도대체 이 사람한테 무슨 짓을 한 거야?"

그녀는 나와 리아를 밀치고 앞으로 나섰다. 재빨리 무릎을 굽히고 앉아 패티 티슈의 눈을 확인하고, 가슴에 귀를 대 보기도 했다. 그러더니 이쪽을 돌아보며 말했다.

"뭐 해? 이리 와서 도와. 뇌진탕이야."

그녀는 패티 티슈를 일으켜 바로 앉혔다.

"똑바로 붙잡고 있어. 넘어지지 않게."

얼결에 나는 패티 티슈의 팔을 붙잡았다. 그러자 그녀는 패티 티슈의 등을 손바닥으로 퍽퍽 때렸다. 처음에는 세 번 힘 있게. 그다음에는 조금 약하게 네 번. 그 덕분이

었을까. 잠시 후 패티 티슈가 하아, 하면서 숨을 뱉어 냈다. 눈을 뜬 그는 나를 쳐다보더니 곧 인상을 잔뜩 찌푸리며 뒷머리를 만졌다. 그의 손에서 피가 묻어났다.

"괜찮아, 괜찮아!"

그녀는 패티 티슈를 다독이듯 말했다. 그러나 패티 티슈는 겁에 질린 듯 슬금슬금 일어나 달아났다. 그녀는 그제야 일어나 무심한 표정으로 리아를 향해 말했다.

"네가 리아 맞지? 나는 녹두야. 늦길래 쉐도우 터널 단말기 위치를 추적해 봤더니, 엉뚱한 쪽으로 가고 있어서 따라왔어."

자신을 녹두라고 밝힌 여자는 곧 나를 똑바로 쳐다보며 물었다.

"너…… 네가 그런 거야?"

나는 적당한 대답을 찾지 못하고 잠시 머뭇거렸다. 그 사이 녹두는 왼쪽 팔을 들어 올렸다. 이미 단종된 스마트워치가 있었다.

"은별? 나 녹두야. C-328 지구도 녹화되나? ……어, 그래? 그럼 CCTV 영상 좀 보내 줄 수 있어? 음, 30분 전부터 녹화된 영상이면 돼."

그리고 잠시 후, 녹두는 50년 전에나 썼다는 스마트 워치를 조작하더니 허공에 홀로그램 영상을 띄웠다. 내가 네 명의 무리를 가격하는 장면이었다. 조금 먼 거리에서 찍은 것이었지만 틀림없었다.

그제야 나는 변명처럼 입을 열었다.

"저들이 먼저 리아를 납치하려 했어요."

"맞아요. 내 가방을 빼앗고 끌고 갔어요."

리아가 거들었다. 그러자 녹두는 고개를 끄덕였다.

"무슨 말인지 알 것 같아. 부랑자들은 먹을 게 필요했을 테고, 패티 티슈는 '안다미로' 때문에 그랬겠지. 점점 더 안다미로를 구하기 어려워지고 있거든."

"안다미로?"

"패티 티슈의 수명을 연장하는 데 꼭 필요한 약이야. 애초에 클론은 보통 사람보다 빠르게 자라도록 설계되었어. 호르몬의 분비나 세포 분열이 아주 빠르지. 안다미로는 그걸 일시적으로 막아 주는 거야."

"그런 약이 있어요?"

내가 물었지만 녹두는 대답 대신 엉뚱한 말을 늘어놓았다.

"게다가 지금 제3 거류지 거주자들은 동맹시에 대한 불만이 아주 높아. 붉은 깃발 사건 알고 있지? 그 이후로 적대감이 대단해. 동맹시 쪽에서 제3 거류지를 쓸어버릴 핑곗거리를 찾으려고 일부러 도발한다는 소문도 있고."

"붉은 깃발……."

많이 들어 본 사건이었다. 사건의 시작은 단순했다. 동맹시 시민 한 명이 제3 거류지를 방문했다가 거주자와 시비가 붙어 중상을 입었다. 이때 제3 거류지 주민들은 그가 붕괴 위험 지역을 다니다가 혼자 낙상한 것이고, 도리어 그를 구하려다가 거류지 주민들이 다쳤다고 주장했다.

하지만 무장 순찰대는 시민을 다치게 한 범인을 잡겠다며, 7명의 거류지 주민을 연행해 약물을 주입했다. 제3 거류지 주민 2천여 명은 그에 항의하는 뜻으로 동맹시의 남문에서 붉은 깃발을 들고 시위를 벌였다.

무장 순찰대는 시위 주동자 수십 명을 체포하고 대다수에게 약물 주입형을 내렸다. 이 일로 제3 거류지 주민들은 자주 시위를 벌였고, 무장 순찰대는 제3 거류지 시민들의 동맹시 출입을 완전 제한하며 맞섰다. 무장 순찰 차량을 제3 거류지에 보내 수상하다고 판단되는 주민들을 연행해 갔다.

"아무리 그래도 어떻게 사람을 그 지경으로 만들었어, 응?"

마치 동생을 혼내기라도 하듯 녹두가 나에게 말했다. 나는 구태여 변명하지 않았다. 그녀의 시선을 피하지도 않았다. 그런 내 눈을 마주 보다가 녹두가 눈을 찌푸렸다.

"어라? 너, 뭐지? 잠시만……."

녹두는 영상을 다시 확인했다. 중간중간 멈추고 확대하기를 반복했다. 그러곤 주머니에서 선글라스를 꺼내 쓰더니, 바짝 다가와 내 눈을 유심히 바라봤다. 그런 다음 내 귓가에 속삭였다.

"너도 패티 티슈구나? 네 여자친구도 알고 있어?"

나는 영문을 몰라 어리둥절한 얼굴을 했다. 그런 표정이 재미있기라도 한지 녹두는 엷은 미소를 지었다.

'지금 이 여자가 무슨 소리를 하는 거야.'

당황하는 사이 녹두는 더 알 수 없는 말을 했다.

"자율진화형 모델인 휴먼 AI 3세대. 맞지? 그런데 오류가 있어 보이는데?"

녹두는 리아가 있는 쪽을 힐끔거렸다. 리아는 바이오

워치로 주변을 촬영하는 중이었다.

"휴먼 AI 3세대라니요?"

되묻는 순간 엄마의 방에서 엿들었던 말들이 머릿속에 떠올랐다.

"클론의 생체를 기반으로 하는 인공지능 로봇이지. 자신조차도 AI인지 모르는 차세대 모델. 아, 그래서 모르고 있는 거야?"

"……?"

"9년 전에 처음으로 휴먼 AI 1세대가 나왔고, 3년 전에 2세대가 나왔지. 그리고 3세대는 작년에……."

뜨악해 무슨 헛소리냐고 소리를 지르려는 순간, 리아가 가까이 다가왔다.

"언니, 나 뭐 좀 물어봐도 돼요?"

그러더니 리아는 녹두를 아까 패티 티슈가 쓰러졌던 쪽으로 데려갔다. 리아가 녹두와 이야기를 나누는 동안 나는 얼토당토않은 질문을 스스로에게 던졌다.

'내가 AI라고? 내가 패티 티슈란 말이야?'

말도 안 되는 의문에 빠진 나는 화가 났다. 이건 녹두의 장난이 분명했다. 그러나 엄마가 했던 말, 그 말을 똑같이 녹두가 스스럼없이 내뱉었기 때문에 한편으로는 자꾸만 신경이 쓰였다.

휴먼 AI 3세대. 나는 여전히 생경한 그 단어를 반복해서 되뇌었다.

"우린 다시 만나게 될 거야."

한참 만에 돌아온 녹두는 나를 향해 씩 웃으며 말했다.

바이크 헌터

놈들이 사라졌다.

촘촘한 건물들 사이로 들어간 걸 틀림없이 보고 쫓아왔는데 그림자도 보이지 않고 바이크 엔진 소리도 들리지 않았다. 아예 시동을 꺼 두었거나 엔진음을 감출 수 있는 곳에 숨어 있다는 뜻이다.

헬멧 왼쪽 위에서 깜박거리는 시계를 확인했다.

— 33:17

게임이 끝날 때까지 남은 시간이었다. 나는 주먹으로 바이크를 내리쳤다. 또 시간에 쫓길지도 모른다는 생각에 짜증이 치밀었다. 이전 게임 때도 결국 시간 때문에 승리를 놓친 건데.

이미 세 명의 몹을 해치웠지만, 서둘러야 했다. 내가 맡은 몹은 아직 둘이 더 남아 있었다. 이번에도 실수를 할 수는 없었다. 게임에서도 내가 최고라는 걸 보여 주고 싶었다. 그게 내가 게임을 하는 목적이었다.

다른 아이들이 게임에 빠지는 이유는 조금 달랐다. MEFC 시스템 때문이란 게 내 생각이었다. MEFC는 동맹시 제1 고등교육원의 슬로건이고, 수업 방식이었다. 보다 많은(more) 학습 내용을 누구보다 일찍(early), 그리고 빨리(fast), 나아가 정확하게(correct) 익혀야 한다는 의미를 담고 있었다.

그에 걸맞게 반복되는 시험과 과제를 통해서 Royal-Special-Ace-Pass-Fail 순의 등급을 부여했고, F등급을 3회 받은 학생은 퇴학시켰다. 그 과정에서 생긴 빈자리는 동맹시 위성지구 공립학교의 상위 1퍼센트 학생들로 채워졌다. 그런 탓에 아이들은 긴장을 놓을 수 없었다. 특히 평가가 있는 날에는 말 못 할 불안에 시달렸다. F등급 아이들은 퇴학을 당할까 봐, R등급 아이들은 낮은 등급으로 밀려날까 봐 두려워했다. 그럴수록 아이들은 로즈 게임에 몰입했다. 더 자극적인 게임을 찾았고 심지어 중독 증세를 보이기도 했다.

하지만 나는 스트레스 해소가 목적이 아니었다. 그저 남들보다 뭐든 잘해야 했다. 아빠가 그걸 원하니까.

"어디서 뭘 하든 넌 남들보다 잘해야 해. 그게 네가 할 일이야."

아빠는 내가 병원에서 돌아온 뒤부터 유독 그 말을 반복했고, 나는 따라야 했다. 이전까지 자주 다니던 미술관에 발길도 끊고 공부에만 몰두했다. 아니, 아이들이 하는 건 뭐든 따라 하고 앞서 나갔다.

나는 천천히 바이크 속도를 줄이고 사방을 돌아보았다. 폐쇄 구역이 으레 그렇듯 오래된 건물의 담장은 곳곳이 허물어져 있었고, 그나마 성한 곳에는 온갖 낙서들이 빼곡했다. 욕을 써 놓기도 했고, 군데군데 붉은 깃발이 그려져 있었다. 뼈대만 남은 건물에는 녹슨 철근들이 삐죽삐죽 나와 있었다. 그 때문인지 몰라도 햇볕이 쨍쨍 내리쬐는 낮인데도 음산하고 우중충해 보였다.

그때였다.

부아아앙! 바이크의 엔진 소리가 고요하던 골목을 찢

었다. 동시에 바이크 두 대가 오른쪽 건물 2층에서 뛰어내렸다. 놈들은 나를 노리고 있었다. 시커먼 앞바퀴가 내 얼굴을 향해 날아왔다.

나는 반사적으로 고개를 바싹 숙였다. 동시에 가속 핸들을 돌렸다. 바이크가 앞으로 쭉 나아가면서 놈들의 바이크 앞바퀴가 내 어깨를 스쳐 지나갔다.

"이 자식들이!"

나는 소리를 지르고 놈들을 쫓았다. 두 대의 바이크는 골목을 오른쪽으로 돌아 큰길로 나갔다. 동선이 조금 의아했지만 나도 속도를 올렸다.

두 대의 바이크는 갈지자를 그리며 앞으로 내달렸고, 그럴 때마다 먼지가 심하게 일었다. 추격을 무력화시키려는 짓이었다. 또, 내가 사격하기 좋은 타점을 잡지 못하도록 하려는 것이다.

놈들의 생각은 옳았다. 나는 오른쪽 손잡이 끝에 달린 스마트 건의 발사 버튼을 계속 만지작거렸지만 누르지는 못했다. 지금이다 싶으면 놈들은 먼지 속으로 사라졌다.

한동안은 거리를 유지한 채 뒤를 따라야만 했다. 속도를 내는 것도 쉽지 않았다. 울퉁불퉁한 곳이 많아서 자칫

하면 바이크가 뒤집힐 수도 있고, 무작정 가까이 접근했다가 놈들의 반격에 노출될 수도 있었다. 약이 올랐지만 별수 없었다. 일단 적당한 거리를 유지한 채 기회를 노려야 했다.

'시간이 없어!'

더구나 생각했던 것보다 놈들의 라이딩 실력도 최상급이었다. 불과 5분 전에 건물 안에서 포획한 몹 역시 계단을 자유자재로 오르내리던 실력파였고, 그보다 앞서 잡은 놈도 좁은 골목을 요리조리 빠져나가는 것을, 스마트 건을 난사한 뒤에야 겨우 잡았었다.

휘몰아쳐 오는 먼지와 바람을 그대로 맞은 탓에 시야는 더욱 나빠졌다. 빨리 방법을 생각해 내야 했다. 장갑 낀 손으로 고글을 닦았지만, 곧바로 흐릿해졌다.

그사이에 두 대의 바이크는 커다란 건물 앞에서 오른쪽으로 회전하기 시작했다. 바닥에 뭔가 깔려 있었는지 조금 전보다 먼지가 더 일어났다. 나중에는 고글에 돌 조각까지 마구잡이로 튀었다.

그때 왼쪽 널따란 골목에서 또 다른 라이더가 눈에 들어왔다. 파란색 헬멧에 쓰여 있는 숫자, 07번. 게임 시작

전에 번호가 좋다며 세나가 집어 쓴 헬멧이었다. 순간적으로 온갖 생각이 머릿속을 어지럽혔다.

'……세나는 도대체 언제부터 바이크를 탄 거지?'

다로를 겨우 설득해 팀에 넣을 때만 해도 세나의 실력을 알 수 없었다. 그래서 세나가 실수하면 내가 만회해야지, 했는데 게임을 시작하자마자 세나는 골목으로 달아나는 몹 둘을 한 번에 해치웠다.

세나가 검은 장갑을 낀 손을 들어 어딘가를 가리켰다. 오른쪽 건물 모퉁이에 쓰레기 더미가 내 키 높이가 좀 안 되는 완만한 언덕을 만들고 있었다. 세나가 뭘 말하고 싶어 하는지 알 것 같았다. 나는 반사적으로 바이크의 방향을 바꾸었다.

재빠르게 다음 행동을 계산했다. 몹과의 거리, 도로의 상태와 주변의 장애물, 나의 속도……. 그 모든 것들을 바탕으로 움직였다.

속도를 올리다 쓰레기 더미를 도약대 삼아 힘차게 허공으로 솟아올랐다. 뽀얀 먼지를 일으키며 달아나는 두 대의 바이크가 한눈에 내려다보였다. 나는 바이크와 함께 그들 사이로 떨어졌다.

그러자 나란히 달리던 두 몹의 바이크가 양쪽으로 갈라졌다. 나는 검은 헬멧에 숫자 29가 쓰여 있는 오른쪽 몹을 쫓았고, 뒤따라오던 세나가 왼쪽 몹의 뒤를 따랐다.

막 골목으로 방향을 꺾은 29호를 조준해 스마트 건을 발사했다. 탄환은 몹을 아슬아슬하게 지나쳐 붉은 담벼락을 때렸다. 순식간에 담벼락 한쪽이 후드득 무너졌다. 골목에 들어서자마자 다시 스마트 건을 조준했다. 먼지도 없고, 길이 좁은 탓에 29호는 거의 일자로 달렸다.

"문제없어."

나는 다시 스마트 건을 발사했다. 하지만 내 바이크가 덜컹거리는 바람에 탄환은 이번에도 빗나갔다. 연속해서 두 번을 더 쏘았으나 마찬가지였다. 29호는 귀신같이 스마트 건을 피했고, 왼쪽 골목으로 방향을 틀었다. 골목길역시 부서진 건물의 잔해와 쓰레기 때문에 위험했지만, 나는 속도를 늦추지 않았다. 그리고 마침내 놈의 뒤꽁무니까지 바짝 따라잡았다. 내 바이크의 앞바퀴가 놈의 앞바퀴에 닿으면 그대로 밀어 버릴 생각이었다.

'아니면 앞바퀴를 들어 놈의 바이크를……'

그런데 바로 그 순간, 끼이이이익! 요란한 쇳소리와 함께 29호의 바이크가 급정거했다.

그 바람에 나는 29호의 바이크를 거칠게 들이받고 옆으로 튕겨 나갔다. 바이크와 함께 벽에 부딪히면서 앞으로 쭉 미끄러졌다.

"으윽!"

저절로 신음이 나왔다. 잠깐은 정신을 차릴 수가 없었다. 쓰레기 더미를 뒤집어쓴 채 몸을 웅크렸다. 억지로 몸을 움직이기 시작한 건 건너편에서 꿈틀거리며 일어나는 29호가 보였기 때문이었다. 놈은 새까만 헬멧을 쓴 채로 비틀거리며 일어나 골목 바깥쪽으로 향했다. 나는 얼른 일어나 바이크에서 스마트 건의 길쭉한 탄환 하나를 빼 들었다. 스마트 건 탄환이 전자 조끼에 박혀야 몹을 기절시킬 수 있어서였다. 다리를 다쳤는지 절뚝거리는 29호를 따라잡는 것은 어렵지 않았다.

"멈춰!"

나는 헬멧을 벗고 소리쳤다. 29호는 다리를 질질 끌며 도망쳤다. 나는 곧바로 놈의 뒷덜미를 움켜쥐고 바닥에 내동댕이쳤다. 헉 소리를 내며 몸을 웅크리다 놈의 헬멧이 벗겨졌다. 바로 탄환을 놈의 가슴팍에 꽂으려는데, 놈이 고개를 돌려 이쪽을 쳐다보았다.

순간 나는 굳어 버렸다. 새파랗게 질린 몹의 얼굴이 너무나 앳되어 보였다. 고작해야 열두세 살로 보였고, 패티 티슈치고는 이목구비가 너무나도 멀쩡했다. 초롱초롱한 눈은 외눈박이 소녀를 떠올리게 했다. 자기 얼굴을 돌려 달라고 울부짖던, 남은 눈 만큼은 보석처럼 빛나던 소녀 말이다.

나는 깊게 숨을 내쉬고 손에 힘을 주었지만, 차마 놈을 내리칠 수가 없었다. 나도 모르게 팔에 힘이 풀렸고, 마치 그걸 기다렸다는 듯 29호는 힘껏 나를 밀어냈다. 나는 맥없이 뒤로 나가떨어졌다. 29호는 벌떡 일어나 수북이 쌓인 돌무더기 위를 넘어가 건물과 건물 사이의 좁은 틈으로 사라졌다.

순간, 헬멧 속 스피커가 울렸다.

―게임 오버!

그 소리를 듣고 나는 천천히 일어났다. 요란한 소리가 들려 돌아보니, 조금 전 내가 왔던 골목 입구에서 파란 헬멧을 쓴 두 게이머가 오고 있었다. 나는 앉은 채로 그들이 다가오기를 기다렸다. 앞에는 05번, 그 뒤에는 07번. 다로와 세나였다. 잠시 후에는 08번 파란 헬멧까지 나타났다. 래이였다.

"세인! 또 무슨 짓을 한 거야?"

다로가 헬멧을 벗으며 소리를 질렀다. 나는 옷을 추슬렀다. 어쨌든 면목이 없었으므로, 나는 시선을 피해 파란 하늘에 퍼졌다가 사라지는 노란 연기를 잠깐 쳐다보았다. 그러자 다로가 다시 험하게 말했다.

"너, 일부러 패티 티슈를 놔준 거야?"

"그, 그게 아니고……."

"아니면 뭐지? 지난번에도 그러더니 뭔가 수상하잖아. 리아랑 함께 다니더니 너도 무슨 클론의 인권 어쩌구, 하고 다니는 거야?"

"무슨 말도 안 되는 소리야!"

나는 반박했지만 다로는 말을 멈추지 않았다.

"그렇지 않아도 반시연대인지 뭔지 하는 놈들이 설친다더니 너도 걔네들 편들고 그러는 거 아니지?"

"뭐야, 지금 나보고 어게인스터라도 된다는 거야?"

나는 발끈했다. 반시연대 소속 활동가들을 어게인스터라고 불렀다. 'againster the wall'의 의미였는데 동맹시 상류층에서 보기에 그들은 체계 전복을 꿈꾸는 테러리스트에 불과했다.

"조금 전에 그놈만 잡았어도 보너스 게임을 할 수 있었잖아."

"그만 좀 하지? 뭔가 사정이 있었겠지."

세나가 나서자 다로는 주춤거리며 물러섰다.

"그리고 다로! 넌 몇 패티 티슈 몇 마리 잡았는데? 오빠가 다섯 마리 잡을 때, 넌 겨우 한 마리 잡고 곧바로 실격당했잖아. 누가 누굴 탓해?"

"그럼, 왜 자꾸 패티 티슈를 놔주냐고……."

다로는 바이크에 올라타면서 들으라는 듯 중얼거렸다. 그리고 다로는 바이크에 오르더니 들어왔던 반대편 쪽으로 달려갔다. 그 뒤를 래이가 따라갔다. 나는 둘이 시야에서 사라질 때까지 기다렸다가 다시 자리에 주저앉았다. 아까 마주한 29호의 모습이 머릿속에서 떠나지 않았다.

"왜 그랬어?"

옆에 한참 동안 서 있던 세나가 물었다. 나는 세나를 올려다보았다.

"패티 티슈 같지 않았어. 마치 사람……."

변명 아닌 변명을 하려는데 내 말이 채 끝나기도 전에 세아가 맞받아쳤다.

"무슨 말인지 알겠어. 제3 거류지에 사는 하층민들 중에 먹고살기 위해 패티 티슈가 하는 일을 한다는 소문이 있긴 해. 근데 사람이라도 게임의 몹이잖아. 게이머의 사냥감일 뿐이라고. 하긴 넌 그게 패티 티슈였어도 안 찔렀을 테지만."

"뭐? 내가 왜?"

나는 짜증스럽게 물었지만, 세나는 침묵했다. 잠시 어색한 공기가 흘렀다.

"솔직히 너 이러는 거, 시시하고 재미없어."

툭 던지듯 말하고는 세나도 바이크에 올라타고 다로가 사라진 쪽으로 가 버렸다.

나는 가만히 긴 숨을 내쉬었다. 옆에 뒹굴고 있던 파란 헬멧을 집어 들어 벽으로 던졌다. 헬멧은 반쯤 허물어진 벽에 부딪히고는 한쪽으로 데구르르 굴러갔다.

'정말 내가 왜 그랬을까?'

나는 길게 숨을 내쉰 다음, 세나가 간 쪽을 향해 고개를 들었다. 해가 빌딩 사이로 내려오는 중이라 눈이 부셨다.

잠깐 눈을 뜨지 못했다. 여러 번 눈을 비벼 댄 뒤에 나는 눈을 떴다. 일어나야겠다고 마음먹고 한 손으로 바닥을 짚었다. 그런데 다리에 힘을 주기 전에 동작을 멈췄다. 눈이 부셔서 감았다가 뜬 눈에 새까만 형체의 잔상이 남아 있었다. 나는 손바닥을 펼쳐 태양을 가리고 다시 빌딩 사이, 골목 저편을 쳐다보았다. 누군가 해를 등지고 서 있었다. 바이크를 탄 채로.

부르릉, 부릉, 부르르릉!

바이크는 엔진 소리만 내며 좀처럼 움직이지 않았다. 누굴까 싶어서 한참을 쳐다보았지만, 알 수 없었다. 역광이라 형체밖에 보이지 않았다.

그런데 바이크가 조금씩 이쪽을 향해 움직이기 시작했다. 아니, 그렇게 느꼈을 즈음 바이크의 속도가 별안간 빨라졌고, 나는 놈이 쓴 헬멧이 까만색임을 알아차렸다.

"뭐야, 저 새끼. 게임은 끝났다고!"

소리를 지르며 일어나려고 버둥댔지만, 다리가 말을 듣지 않았다. 조금 전까지 참을 만했던 통증이 갑자기 몰려왔다. 그사이 검은 헬멧은 나를 깔아뭉개려는 듯 엄청난 속도로 달려왔다.

나는 공포에 휩싸여 눈을 질끈 감았다. 고막을 찢을 듯한 쇳소리가 울렸다.

　끼이이이이익!

　브레이크 소리였다. 그 소리가 잦아든 뒤에도 아무 일도 일어나지 않았다. 눈을 뜨니 바이크가 내 바로 앞에서 멈춰 있었다. 나는 버둥거리며 벽 쪽으로 기어가 벽에 의지해 가까스로 몸을 일으켰다. 검은 헬멧이 바이크의 시동을 끄고 내게 접근했다. 사정거리 안에 들어오면 어떻게든 공격할 마음을 먹고 있는데 놈이 헬멧을 벗었다. 그러자 검은 복면이 드러났지만 놈은 자연스럽게 복면까지 벗어 버렸다.

　"……당신!"

　드러난 얼굴은 녹두였다. 긴장하고 있던 다리에 힘이 풀렸다.

　"당신이 여길 어떻게……. 설마 당신도 몹인가요?"

　"내가 몹이었으면 너를 가만두었을까?"

　"그럼, 나를 미행이라도……?"

　얼결에 나온 질문이었지만, 그럴 만한 이유가 있었다. 얼마 전 녹두가 나에게 패티 티슈라고 말했을 때, 우리가 또 만날 것이라 예고했기 때문이었다. 그래서 작정하고 나타난 것이 아닐까, 하는 의심이 들었다. 원치 않았지만 나도 녹두의 말이 자주 생각났으니까.

하지만 녹두는 고개를 저었다.

"미안하지만, 미행하지 않아도 넌 얼마든지 찾아낼 수 있어."

"그게 무슨 말이죠? 내 바이오 워치를 해킹해서 위치 추적한 거예요? 그건 불법이에요."

녹두의 말이 '너 정도는' 혹은 '너 따위는'이라는 식으로 들린 탓에 나는 정색하고 말했다. 그런데 녹두는 피식 웃었다.

"불법? 후훗, 재밌는 말이네. 그럼 네가 지금 하고 있는 게임은 뭐지?"

"나는 다만……."

입은 열었지만 말문이 막혔다.

"물론 네 바이오 워치를 해킹할 수도 있지. 하지만 너를 찾아내는 건 그것보다 쉬워. 너는 네 위치를 스스로 노출하고 있거든."

"뭐라고요? 내 바이오 워치는 최신형……."

"바이오 워치를 말하는 게 아니야. 네 위치를 알리고 있는 건 네 몸속에 이식된 고성능 CPU야. 그 CPU가 필요 데이터를 받기 위해서 끊임없이 곳곳에 신호를 보내."

"……?"

"아직도 내 말을 못 믿는 거야? 처음 너를 만난 날 내가 네 눈을 뚫어지게 쳐다본 것 기억나지?"

"그게 왜요?"

"네 눈을 가만히 들여다보면, 눈동자 속에서 초록 불빛이 규칙적으로 깜박거려. 그게 뭔지 알아? 고성능 시각 센서가 외부 정보를 탐색하는 거야. 눈동자뿐만 아니라 다양한 이동형 센서가 네 몸을 돌아다니면서 너를 항상 최적의 상태로 만들고 있어. 네 몸을 봐."

얼결에 나는 팔과 다리와 가슴을 훑어보았다. 녹두가 그런 내 어깨를 붙잡고는 말했다.

"격렬하게 운동한 적이 단 한 번도 없는 몸이야. 그렇지? 네 몸 어디에도 운동선수처럼 근육이 발달한 곳은 없어."

틀린 말은 아니었다. 학교에서 진행하는 기초 체력 훈련 프로그램 말고는 제대로 운동을 해 본 기억은 없었다.

"리아와 함께 나를 찾아왔던 날, 네가 부랑자 여럿을 때려눕힐 수 있었던 이유가 뭘까? 그런 격투 훈련을 받은 적 있어?"

"아니요."

"그런데 한 번도 그런 일이 이상하다고 생각하지 않았어?"

이상하다고는 생각했다. 그런 일은 한 번이 아니었으니까. 일전에 도시정벌 게임 때도 몸을 날려 건너편 건물로 뛰었고, 몹을 단숨에 여럿 해치웠을 뿐만 아니라……. 아니, 일단 나는 녹두의 다음 말을 기다려 보기로 했다.

"네가 훈련을 받은 적이 없다면, 그건 뭔가가 너를 그렇게 하도록 조종하고 있다는 뜻이지."

"아니요. 당신 말은 앞뒤가 맞지 않아요. 혹시라도 내가 클론이라 하더라도……."

"다시 정확히 말해 줄까? 너는 의료용 클론을 몸체로 하고, 생체 친화형 CPU를 장착한 휴먼 AI야. 컴퓨터 기술은 거듭 발전했지만, 인공 생체 기술이 아직 따르지 못해서 그 대안을 찾은 거지."

"생체 친화형 CPU라고요? 이젠 나에게 뇌가 없다는

소리라도 하고 싶은 거예요?"

"그럴 리가! 너도 보통 클론과 똑같아. 다만 너의 신경계를 CPU가 컨트롤하고 있다고 생각하면 돼. 그것도 하나가 아닌, 여러 CPU가 너의 모든 생체 활동을 아주 정밀하게 조정하는 거야."

"뭐라고요?"

"메인 CPU만 뇌에 있을 뿐, 서브 CPU가 몸 네 곳에서 메인 CPU를 지원해. 그리고 무엇보다 휴먼 AI 3세대의 강력한 기능은, 실핏줄을 타고 온몸을 떠돌아다니는 유동형 센서에서 나오지."

"……?"

"눈에 있는 센서가 가장 고성능이야. 시각적 정보의 중요성 때문이랄까. 망막에 내장된 초정밀 카메라가 시각 정보를 수집하는 거야. 더 멀리 볼 수 있고, 더 빠르게 외부 정보를 인식할 수 있지. 인간은 다른 감각 정보에 비해 시각 정보를 가장 중시하니까. 아무튼 유동형 센서는 실시간으로 몸의 움직임 자체를 매우 빠르고 정확하게 실행할 수 있도록 도와주는 거야."

"이봐요!"

나도 모르게 소리를 질렀고 인상을 잔뜩 찌푸렸다. 그럼에도 불구하고 녹두는 말을 이어 나갔다.

"체내의 다중 CPU는 서로 협력해서 보다 빨리 외부의 정보를 끌어와. 인터넷에서 자동으로 수많은 빅 데이터를 입수하고 그걸 분석해, 근육을 비롯한 네 몸의 조직을 활성화시키지. 이 과정은 일사불란하고 아주 빨라. 이걸 모두 끝내는 데는 고작 몇 초도 걸리지 않아. 다만 빅 데이터를 입수하는 과정에서 쉐도우 터널까지 들락거리기 때문에 그러는 동안에 네 위치가 노출되는 거야. 다른 휴먼 AI 3세대 CPU와 충돌하기도 하고. 그게 휴먼 AI 3세대의 단점이지."

녹두는 마치 무슨 과학 수업을 하듯이 설명했다. 반박을 해야겠는데, 마땅한 말이 생각나지 않았다.

"지난번도 마찬가지야. 네 앞에서 괴한들이 네 여자친구를 위협하고 있으면 당연히 너는 구해야 한다고 생각하겠지. 그 순간, 다중 CPU가 네가 생각한 것들을 명령으로 감지해서 네가 하려는 행동을 성공적으로 수행하도록 돕는 거야."

나는 어금니를 꽉 문 채로 녹두를 노려보았다. 그리고

생각을 가다듬고 물었다.

"말이 안 되잖아요. 내가 클론이라면 제3 거류지에서 살았어야지 왜 동맹시에 사는 거죠?"

"글쎄. 그건 조금 더 생각해 봐야겠지만, 내가 추측한 바로는 너의 원체(元體)에 어떤 문제가 생겼고, 그 문제가 해결되기 전까지 네가 그 원체를 대신해서 살고 있는 것 같아."

녹두는 망설임 없이 분명하게 말했다. 나는 그 말에 헛웃음이 터졌다.

"참 나, 지금 그게 말이 된다고 생각해요?"

"네가 무슨 말을 하려는지 알아. 하지만 달리 설명할 방법이 없어. 네게는 특별한 사정이 있을 거야."

"아니요! 당신이 틀린 거예요."

나는 대화를 끝내고 싶어 일부러 목소리를 높였지만 녹두는 차분히 반박했다.

"나는 지금 너랑 논쟁하자는 게 아니야. 정말 중요한 건 네 수명이 얼마 남지 않았다는 사실이야. 대책을 세우지 않으면 위험해. 일이 년 남짓? 그보다 더 빠를 수도 있고. 모든 클론은 원체에 빨리 사용되어야 해서 성장 속도가 무척 빠르지만 그 때문에 쉽게 노화해. 물론 너와 같은 휴 먼 AI 3세대는 재활용될 기회조차 없이 완전히 폐기되기 때문에 노화를 경험할 시간도 없을 테지만."

숨이 막혔다. 노화, 재활용, 폐기와 같은 단어들이 목을 죄어 숨을 여러 번 몰아쉬었다.

"왜 나한테 이런 이야기를 하는 거죠?"

녹두는 대답 없이 다시 헬멧을 쓰고 바이크에 탔다. 시 동을 걸고 출발하기 전에 내게 한마디 건넬 뿐이었다.

"내 말 잘 기억해야 해. 클론의 수명이 인간의 수명과 다르다는 건 너도 잘 알잖아. 살아야지. 클론도 엄연히 인 격을 가진 생명체야. 내 말 무슨 뜻인지 알지?"

그리고 녹두는 가속 페달을 밟고 골목을 빠져나갔다. 하지만 그런 뒤에도 그녀의 목소리가 오랫동안 남아 시끄 럽게 머릿속을 어지럽혔다.

미행

누군가 뒤를 밟고 있는 게 틀림없다. 자율주행 버스에서 내려 동맹광장 안으로 들어서면서 그런 느낌에 사로잡혔다. 녹두를 만난 이후 예민해진 탓이려니 하면서도 나는 자주 뒤를 돌아보았고, 사람들을 유심히 살피기도 했다. 그러나 의심 가는 사람은 보이지 않았다.

숨을 내쉬고 잠깐 걸음을 멈췄다. 고개를 들자 새파란 하늘과 함께 높디높은 건물들이 눈에 들어왔다. 동맹시청사로 쓰이는 로켓 모양의 117층짜리 '동맹 타워', 시시때때로 외벽의 색이 바뀌는 복합 문화 센터인 '7-큐브'가 시선을 끌었다. 그 옆으로 높고 낮은 빌딩들이 촘촘하게 이어져 있었고, 그 건물들 위를 초고속 진공 튜브 열차가 휙휙 지나다녔다.

나는 원형 광장의 가장자리를 에둘러 걷기 시작했다. 광장 둘레길을 따라 줄지어 심어진 가로수 아래를 빠르게 걸으면서 경계를 늦추지 않았다. 다시 한번 걸음을 멈춘 것은, 가장자리 길을 막 벗어나 7-큐브 쪽 진입로에 이르렀을 때였다.

키가 크고 늘씬한 여자가 앞을 막았다. 얼핏 보면 사람 같지만 홀로그램이었다. 붉은빛 계통의 짧은 체크무늬 원피스를 입은 그녀는 사람들이 지나치다가 돌아볼 만큼 예뻤다. 그녀가 생긋 웃으면서 말했다.

"제1 고등교육원 학생이신가요? R등급을 원하시죠? R등급으로 졸업한다면 동맹시 평의회 청년위원이 될 수 있을 거예요."

맞춤 광고였다. 길가에 센서를 설치해 두고 지나가는 사람 중에서 해당 상품이 필요할 것 같은 고객을 표적 삼아 홀로그램을 띄우는 방식이었다. 그녀는 내가 모른 체하고 지나치자 계속 따라왔다.

"청년위원을 꿈꾸지 않으세요? 동맹시의 117인 평의

회 위원이 될 수 있는 지름길을 안내해 드립니다. 스트로베리 주식회사의 3세대 아인슈타인이 도와줄 거예요. 고객님의 정보를 스캔해도 될까요?"

"아니요!"

단호하게 말하자마자 홀로그램은 사라졌다.

진입로는 광장 둘레길보다 사람이 많아서 더 자주 사람들과 부딪쳤다. 그 때문에 나는 조금씩 짜증이 나기 시작했다. 집에 있을 걸 그랬나 싶었다. 오늘은 그럴 생각이었다. 오늘 아침 아빠의 섬뜩한 목소리가 아니었다면, 그리고 TV에서 본 그 여자가 아니었다면.

바이크 헌터 게임을 한 이후로 며칠 내내 잠을 이루지 못했다. 녹두가 한 말 때문에 머릿속이 복잡했다. 그런 차에 이른 아침부터 아빠가 불렀다. 나는 샤워를 하다 말고 아빠의 서재로 달려갔다.

"문 잠가!"

서재의 소파에 앉아 차를 마시며 아빠는 돌아보지 않고 말했다. 그건 심각한 이야기를 하겠다는 뜻이었다.

"왜 불렀는지 알지?"

아빠가 미간을 잔뜩 좁힌 채 물었다. 잠깐 숨을 멈췄다. 아빠의 등 너머에서 아주 강한 빛이 눈을 자극했다. 매끈한 은빛의 총신(銃身)이 책상 뒤편 창에서 쏟아지는 햇살을 반사해 마치 나를 겨누듯 강렬한 빛을 쏘았다. 비록 호신용 총이기는 해도, 소량의 티타늄을 비롯한 몇 가지 금속과 플라스틱을 고밀도로 농축한 탄환은 갈비뼈 하나쯤은 쉽게 부러뜨릴 만큼 강력했다.

아빠의 질문에 머릿속으로 온갖 것들을 한꺼번에 떠올렸다. 당연히 집히는 게 있었다. 다름 아닌 바이크 헌터 게임, 그에 대해 아빠는 모든 걸 알고 있을 것이란 생각이 들었다. 동맹시 안보국장인 아빠가 모르는 게 더 이상할 터였다. 무장 순찰대도 보안국 소속이니까.

"조심하겠습니다."

"조심? 안 하겠다는 게 아니고?"

자백하듯 뱉은 말에 아빠가 곧바로 되물어왔다. 예상이 빗나가지 않은 것에 티가 나지 않도록 안도의 숨을 내쉬었다. 하지만 아빠의 표정을 확인하는 순간 입술을 깨물지 않을 수 없었다. 어이없어 하며 가소로워 하는 듯한 눈빛. 나는 두 손을 앞으로 모으고 고개를 가만히 숙였다.

"넌 시키는 것만 하면 돼. 그게 네 역할이야."

"네?"

아빠의 말이 잘 이해가 되지 않아서 반사적으로 되물었다. 그러자 아빠는 무거운 침묵으로 답했다. 그 때문에 나는 똑같은 대답을, 그러나 전혀 다른 톤으로 반복해야 했다.

"네……."

"알지, 나는 딱 한 번만 말하는 거?"

모를 리 있겠는가. 아빠는 절대 두 번 타이르는 법 없고, 겁을 주거나 때려서라도 자신의 말을 듣게 했다. 아주 어렸을 때도 아빠의 칭찬을 받은 기억은 없었다. 혼난 기억은 셀 수 없이 많지만.

"내가 항상 너를 지켜보고 있다는 걸 잊지 마. 나가 봐."

아빠의 그 말에 얼른 몸을 돌렸다. 바로 그때, 왼쪽 벽면에 소리 없이 틀어 놓은 TV에서 그 여자가 나타났다. 장미를 손에 쥐고. 특별전시, 7-큐브라는 문구와 함께.

나는 뒤돌아 문을 열고 밖으로 나왔다. 그런 다음, 아침을 먹고 곧바로 집 밖으로 뛰쳐나왔다. 현관을 나설 때 등 뒤에서 엄마가 "일찍 다녀. 내일 병원에 가야 하는 거 알지?"라고 말했지만, 대답하지 않았다.

　나는 급히 생각을 멈췄다. 7-큐브 벽면의 광고판에서 익숙한 장면이 스쳐 지나갔다. 반복적으로 머릿속에 나타났던, TV에서 보았던 바로 그 여자의 모습이었다.

　― 발굴 작가 작품전이 열리고 있는 제3 전시실에서 만나 보실 수 있습니다.

　나는 영상 하단의 안내문을 읽고 빠르게 움직였다. 입구를 통과하자마자 중앙 로비를 관통해 서쪽 계단을 따라 단숨에 3층까지 올랐다. 뒤미처 양옆 벽면이 아라베스크 무늬로 장식된 넓은 복도를 내달아 복도 끝 오른쪽, 제3 전시실로 뛰어 들어갔다.

　전시실 안에도 사람들이 적지 않았다. 입구 오른쪽부터 시작해 빠른 걸음으로 그림들을 훑어 나갔다. 하나씩 확인할 때마다 가슴이 뛰었다. 마침내 마지막 그림에 이르렀을 때, 나는 걸음을 멈췄다.

　"아……."

　심장이 녹아내리는 기분이었다.

　나는 그림에서 잠시도 눈을 뗄 수가 없었다. 한 여자가 의자에 다소곳하게 앉아 있는 그림에는, 내 환각 속에 등장하던 바로 그 여자의 모습이 고스란히 담겨 있었다. 긴 생머리, 옅은 미소, 그러나 그 때문에 도리어 슬퍼 보이는 얼굴로, 여자는 왼쪽 위를 바라보고 있었다.

손에는 장미를 쥐고 있었다. 그 부분만 덧칠을 한 것인지 장미가 유독 도드라져 보였다. 더 놀란 것은 피 때문이었다. 장미를 쥔 손가락 사이에 피가 맺혀 있었다. 그걸 보는 순간, 나는 내가 통증을 느끼는 것처럼 어깨를 떨었다. 몇몇 사람들이 그림과 나를 힐끗 쳐다보고 지나쳐 갔다.

나는 숨을 몰아쉬며 뛰는 가슴

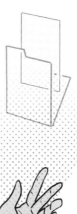

을 진정시키며 바이오 워치로 그림을 스캔했다. 그리고 검색 엔진으로 재빨리 그림을 찾아 정보를 홀로그램 문자로 허공에 띄웠다.

〈자화상〉, 2080, 캔버스에 유채, 7-큐브 소장.

소장 번호 RS-0716. (더 이상의 정보가 존재하지 않습니다.)

맥이 빠졌다. 안 되겠다 싶어 나는 안내 데스크로 향했다. 안내 데스크의 작은 테이블 위에는 칠각형의 검정 박스가 놓여 있었다. 7-큐브 건물의 모양을 흉내 낸 것이다. 나는 박스에 손을 올려놓았다. 그러자 안내원의 홀로그램이 나타났다.

"류세인 님, 반갑습니다. 무엇이 궁금하신가요?"

하늘색 정장을 입은 여자가 미소를 지으며 물었다.

"0716번 그림에 대해서 알려 주세요. 전부요!"

"지난해 7월 16일에 기증된 그림입니다. 부분적인 블렌딩 기법으로 그린 유화입니다. 약 2080년경에 제작된 것으로 추정되며, 현재 시가는 약 700만 크레딧입니다. 구입 의사가 있으시면 구매 담당자를 연결해 드리……."

"아니요. 그런 것 말고요. 저 사람이 누구죠? 누가 그린 거죠?"

홀로그램을 향해 나는 손을 저으며 되물었다.

"작가는 알 수 없습니다."

"작가를 알 수 없는데 저 그림이 여기 어떻게 있는 거죠? 자화상이잖아요."

"기증자께서 더 이상의 정보는 공개하지 않았습니다."

"기증자는 누구인데요?"

"규정상 알려 드릴 수 없습니다."

"하아……."

공연히 마음이 급해 마구 물었지만 아무것도 알아낼 수 있는 게 없었다.

"질문이 더 있으실까요?"

"아니요. 고맙습니다."

나는 다시 그림 앞으로 돌아가 유심히 살폈다. 얼굴, 장미를 쥔 손, 입고 있는 옷 모두. 발걸음은 떼어지지 않았지만 일단 몸을 돌렸다. 그런데 그때, 바깥쪽에서 뭔가 터지는 소리가 들렸다.

펑!

한 번만이 아니었다. 연달아 뭔가 폭발하는 듯한 소리가 들렸다. 관람객들은 어쩔 줄을 모르고 주변을 두리번거릴 뿐이었다. 그때, 전시실 한가운데에 안내원의 홀로그램이 나타났다.

"관람객 여러분, 지금 즉시 안내에 따라 전시실 밖으로 이동해 주시기 바랍니다. 건물 밖에서 긴급 소요 사태가 발생하여 전시실은 곧 폐쇄될 예정입니다. 안내원의 지시에 따라 비상 출구로 이동하시기 바랍니다. 다시 한번 말씀드리겠습니다!"

전시실에 있던 사람들은 누가 먼저랄 것도 없이 빠져나가기 시작했다.

다른 전시실에서 나온 사람들도 더해져 복도는 금세 사람들로 꽉 들어찼다. 복도의 양옆에는 홀로그램 안내원이 사람들을 안내했다. 그 흐름을 따라가자 두꺼운 철문이 나왔고, 사람들은 꾸역꾸역 그 안으로 들어갔다.

그 철문 안으로 들어섰을 때, 뜻밖에도 거기서 나는 아빠를 보았다. 엘리베이터에서 막 나온 아빠는 회색 정장 차림의 나이 든 여자의 안내를 받고 있었다. 7-큐브의 관리자인지 주변은 검은 양복을 입은 남자들이 바싹 붙어 호위하고 있었다.

'아빠가 여길 왜……. 혹시 나 때문에?'

그럴 수도 있겠다는 생각에 소름이 돋았다.

'오늘 아침에도 경고를 받았는데, 그걸 무시하고 아빠가 제3 거류지만큼이나 싫어하는 미술관에 왔으니 괘씸하다고 생각하지 않을까?'

누군가 뒤를 쫓고 있는 듯한 느낌이 든 것도 그 때문이란 생각이 들었다. 아빠가 누군가를 보내 나를 미행한 것이 틀림없다.

나는 일단 빨리 밖으로 빠져나가야겠다고 마음먹고 사람들의 물결에 휩쓸렸다. 곧 비상계단이 나왔고, 그 계단을 따라 내려가자 약간 어둑한 복도가 이어졌다. 어림짐작으로는 지하일 거란 생각이 들었다. 과연 그 복도를 지나자 위로 오르는 계단이 나타났다. 곧 7-큐브의 후원이 모습을 드러냈다.

정원에서 나와 사람들은 저마다 흩어져 갔다. 그런데 펑, 하는 소리가 다시 연속해서 들렸다. 비명과 사람들의 함성이 뒤따라왔다. 나도 모르게 발걸음이 그쪽으로 향했다. 동맹 타워가 빤히 보이는 시청 쪽이었다. 골목이 끝났을 때, 시청으로 향하는 16차선 중앙로에는 매우 낯선 광경이 펼쳐져 있었다.

한마디로 아수라장이었다. 흰색, 초록색, 그리고 주황색 연기가 도로 곳곳에서 흩날렸고 차 몇 대는 도로를 벗어나 인도에 아무렇게나 세워져 있었다. 버스는 단 한 대도 보이지 않았으며, 길가의 상점은 모두 문을 닫은 상태였다.

도로 한복판에는 중무장한 순찰대 요원과 붉은 깃발을 든 시민들이 뒤엉켜 있었다. 요원들은 이리저리 도망치는 시민들을 쫓았다. 근력 강화 조끼를 입은 요원들은 은색의 전기충격봉으로 시민들을 사정없이 내리쳤고, 기절한 듯 보이는 시민들을 질질 끌고 갔다. 시민들은 피를 흘리며 쓰러졌지만 요원들은 그런 사람들까지 사정없이 때리고 짓밟았다.

마취탄의 연기가 거리를 뒤덮었다. 그 연기가 퍼져서 시민들은 비틀거리다가 넘어졌고, 요원들은 그걸 기다려 덮쳐 끌고 갔다.

시위 진압용 전자 볼도 살포되었다. 아기 주먹만 한 구슬인 전자 볼은, 통통 튀어 다니며 마치 도깨비바늘처럼 사람들의 옷에 달라붙었다. 그리고 약간이라도 습기가 생기면 전기를 일으켜 사람들을 감전시켰다. 그 때문에 곳곳에서 사람들이 발작을 일으키며 쓰러졌다.

'도대체 이게 무슨 일이야?'

갑작스레 뒤통수를 얻어맞은 기분이었다. 놀랍고 낯설고 무서웠다. 기껏해야 순찰대 요원들만 뛰어다니던 뉴스 화면과는 너무나 달랐다. 눈에 들어오는 광경 하나하나가 믿어지지 않았다.

그때, 아직 순찰대 요원에게 붙잡히지 않은 사람들이 들고 있는 종이가 눈에 들어왔다.

제3 거류지에 대한 탄압을 중단하라!

클론의 생존권을 보장하라!

우리는 노예가 아니라 시민이다. 시청으로 가자!

동맹시 평의회를 해체하고 의회 기능을 되살려라!

이런 시위를 직접 마주한 건 처음이었다. 어떻게 해야 할지 얼른 판단이 서지 않았다. 그런데 하필이면 그때, 잠깐 잊고 있던 느낌이 되살아났다. 7-큐브에 들어가기 전보다 훨씬 더 강력했다.

'아직도 누군가 나를 쫓고 있어.'

반사적으로 사방을 돌아보았다. 시청 쪽은 중무장한 순찰대가 겹겹이 막아선 채였고, 반대편에는 일정한 거리를 두고 시민들이 무리 지어 몰려 있었다. 그들은 물론 골목길 틈새에 구경하는 사람들 모습까지 쭉 훑어보았다. 하지만 어디에도 나를 쫓고 있는 듯한 사람은 보이지 않았다. 그런데도 아까보다 그 느낌이 훨씬 강했다.

나는 몸을 돌려 빠르게 걸었다. 빨리 이곳에서 벗어나고 싶은 생각뿐이었다. 걸으면서 바이오 워치를 열어 지도를 검색했다. 버스를 탈 수 있는 최대한 가까운 곳을 찾아 달라고 주문했다. 바이오 워치는 곧바로 안내했다.

— 7미터 전방에서 오른쪽 골목으로 우회전하세요.

나는 속도를 높여 골목 안으로 들어갔다. 열댓 걸음쯤 걸었을까. 뒤쪽에서 인기척이 들리는가 싶더니 누군가가 이쪽으로 뛰어왔다. 검은색 바람막이 점퍼와 마스크를 쓴 소년이었다. 소년은 연신 뒤를 힐끗거리면서 부리나케 내 옆을 스쳐 지나갔다. 그 뒤를 무장한 순찰대 요원 두 명이 쫓고 있었다.

“멈춰!”

순찰대가 외쳤지만 소년과의 거리는 더 벌어졌다. 그러자 뒤쫓던 요원 중 하나가 총을 겨눴다.

펑, 펑, 펑!

연속해서 세 발이 발사되었고, 골목 왼쪽으로 돌아가려던 소년은 나동그라졌다. 소년은 꿈틀거리더니 몸을 일으켰지만 요원들은 그런 소년에게 달려들어 전기충격봉을 내리쳤다.

“아아악!”

소년의 비명이 골목 안을 가득 울렸다. 얼핏 보았을 때, 소년의 머리에서 피가 흐르고 있었다. 얼른 얼굴을 돌렸다. 빨리 이곳을 벗어나고픈 생각뿐이었다.

하지만 나는 다시 소년을 돌아봤다. 마스크가 벗겨진 소년의 모습이 낯이 익었기 때문이다. 누구인지 알 것 같았다. 바이크 헌터 게임 때 내가 쏘려다 말았던, 바로 그 패티 티슈였다. 조금 망설이다가 나는 앞으로 걷기 시작했다.

‘내가 왜 패티 티슈를 신경 쓰지.’

찜찜한 기분을 안고 지나가는데, 날카로운 목소리가

날아왔다.

"너 뭐야?"

순찰대 요원 하나가 내 쪽을 향해 다가왔다. 얼른 눈길을 피하고 앞으로 나아갔다. 하지만 그는 나를 쫓아와 어깨를 붙잡았다. 방탄용 검은 헬멧 때문에 요원의 모습은 매우 위압적이었다.

"너도 붉은 깃발 시위에 참여한 놈이지?"

그렇게 묻고는 다짜고짜 전기충격봉을 들어 나를 내리치려 했지만 내가 더 빨랐다. 재빨리 몸을 낮추며 오른발로 그의 왼쪽 허벅지 안쪽을 걷어찼다. 그는 비명을 지르며 비틀거렸고, 고통스러운 듯 몸을 수그렸다. 나는 틈을 주지 않고 팔꿈치로 놈의 등을 내리찍었다.

"허억!"

그가 비명을 지르며 쓰러졌다. 하지만 그게 끝이 아니었다. 조금 전까지 패티 티슈를 내리치던 다른 요원이 이쪽으로 달려왔다. 은색 제복 위에 검붉은 색의 근력 강화 조끼를 받쳐 입은 그는 이전 요원처럼 다짜고짜 전기충격봉을 휘둘러 댔다. 두 번은 피했고, 한 번은 그의 손을 팔로 막았다. 그런데도 나는 그의 힘에 밀려 벽 쪽으로 나가

떨어지고 말았다. 조금 전과는 달랐다. 근력 강화 조끼 때문일 거였다. 하는 수 없이 뒷걸음질 치며 피했다.

"난 시위에 참여하지 않았어요. 왜 이러는 거예요?"

"이 새끼, 감히 순찰 요원에게 폭력을 쓰다니!"

나는 애원하듯 소리쳤지만, 그는 나를 담벼락 쪽으로 몰아갔다. 그러는 동안 나는 두 번 더 전기충격봉을 막아 내야 했고, 한 번은 넘어지고 말았다. 가까스로 일어났지만 벽에 가로막혀 더는 도망칠 수 없었다.

놈은 내 얼굴을 향해 전기충격봉을 내리쳤다. 내가 반사적으로 몸을 피하자 전기충격봉은 담벼락을 때렸다. 근력 강화 조끼의 힘인지 벽에 구멍이 나면서 전기충격봉은 부러졌다. 그는 개의치 않고 순식간에 한 손으로 내 목을 죄면서 들어 올렸다. 목이 탁 막혀 왔다.

"끄어어억!"

나는 발버둥 쳤지만, 그의 힘을 이겨 낼 수가 없었다. 근력 강화 조끼가 보통 어른의 두세 배 힘을 낼 수 있다는 말을 들은 적이 있었다.

"감히 누굴 건드려!"

소리치던 그는 갑자기 누군가에게 떠밀려 옆으로 휙

밀려났다. 덕분에 나는 겨우 그 손아귀에서 벗어날 수 있었다.

정신을 차리고 쳐다보았을 때, 눈앞에는 패티 티슈 소년이 서 있었다. 녀석의 머리에서 피가 흘러내려 오른쪽 뺨에 빨간 줄을 만들었다. 그러나 녀석은 아무렇지 않은 듯 손을 내밀었다.

"어서 달아나요!"

나는 얼결에 손을 붙잡고 일어났다. 우리는 빠르게 좁은 골목을 달렸다. 플라스틱 합성 탄환이 날아와 옆의 벽과 땅에 튀었다.

기억의 통로

 골목을 이리저리 돌았다. 패티 티슈는 좁디좁은 뒷골목을 잘 아는지 거침없이 헤치고 다녔다. 그러다 번듯한 거리가 저 앞에 보일 즈음, 물결무늬가 새겨진 회색빛 건물의 쪽문을 밀치고 안으로 들어갔다. 나는 한번 주위를 휘돌아보고 뒤를 따랐다.

 문에서 바로 지하로 이어진 철제 계단을 뛰어 내려가자 넓은 지하 주차장이 나왔다. 패티 티슈는 수많은 차 사이를 요리조리 빠져 다니며 뭔가 찾다가 04-F라는 글자가 새겨진 기둥 앞에 섰다.

 패티 티슈는 거기에서 멈춘 채로 헉헉거리며 숨을 골

랐다. 나도 깊은 숨을 몰아쉬며 말했다.

"후우……. 이제 다 따돌린 것 같아. 이제 네 갈 길 가."

돌아서자 눈앞에 출입구 표시가 보였다. 그런데 그때, 거친 엔진 소리가 들리더니 기둥 뒤에 있던 짙은 은회색 컨버터블 차가 움직였다.

"하아……."

나는 운전석을 쳐다보며 입을 벌렸다. 녹두가 운전석에 앉아 있었다. 그녀가 패티 티슈를 향해 말했다.

"은별아, 여기야! 쫓는 사람은 없었어?"

"이제 따돌린 것 같아요."

"잘했어. M의 메시지는?"

"메신저를 만나지 못했어요. 무장 순찰대의 진압이 생각했던 것보다 일찍 시작돼서……. 그 틈에서 그를 찾아내기 어려웠어요."

"그래. 쉬운 일이 아니었을 거야. 어, 머리에서 피가 나는데 다친 거야?"

"순찰 요원의 공격을 받았어요. 심각한 건 아니에요."

"치료부터 해야겠어. 어서 타!"

은별이라 불리는 패티 티슈와 녹두는 내가 이해할 수

없는 말을 주고받았다. 은별이 차에 탔고 나는 그 자리에 우두커니 서 있었다. 왜 여기까지 패티 티슈를 따라와서 녹두를 만나고 있는지, 그런 생각에 혼란스러웠다.

"뭐 해? 넌 안 탈 거야? 일단 여기서 조금 더 멀리 빠져나가는 게 좋을 듯한……."

"왜 당신이 여기에 있어요. 설마 우연이라고 하진 않겠죠?"

"글쎄, 절반은 우연이고 절반은 아니야."

"그게 무슨 말이에요?"

"시위가 벌어지기 전부터 우리는 3-21을 추적하고 있었어. 위험에 빠질 것을 대비하기 위해서였지."

"3-21?"

나는 되물었다. 그러자 녹두는 나를 이곳까지 데려온 은별 쪽으로 고개를 까딱해 보였다.

"휴먼 AI 3세대 제품 번호야. 3-21은 은별이 번호지."

"그래서요?"

"시위 도중 은별이 집중 공격을 받았어. 우리는 은별에게 퇴로를 전달해야 했는데, 순찰 요원이 길을 모두 차단하고 있었지. 그런데 시위 장소 부근에서 또 다른 휴먼 AI

3세대가 발견됐어. 정확히는 휴먼 AI 3-17."

"그게 누군데요?"

"바로 너!"

녹두는 검지로 내 가슴을 가리켰다.

"지금 무슨 소리를 하는 거예요!"

"아직도 인정하지 못하는 거야? 네가 바로 휴먼 AI 3-17이라고."

"나는 그냥 미술관에 왔다가 길을 잘못 들었을 뿐이에요. 어서 가세요. 나도 내 갈 길을 갈 테니까."

나는 단호하게 말하고 돌아섰다. 하지만 녹두가 뜻밖의 말을 꺼냈다.

"그래서 은별을 네가 있는 쪽으로 유도했어. 너라면 도와줄 수 있을 것 같아서."

나는 한 걸음도 내딛지 못한 채 멈추었다. 등 뒤로 은별이 녹두에게 말하는 것이 들렸다.

"맞아요. 그가 아니었으면 순찰 요원에게 체포될 뻔했어요."

나는 돌아서서 차 뒷좌석을 힐끗 쳐다보았다. 그러자 은별은 살짝 미소를 지으며 고개를 끄덕여 보였다. 고맙다는 표시를 하려는 것 같았지만, 나는 무시했다. 저 녀석은 패티 티슈고, 난 아니니까.

"난 저 녀석을 도울 생각이 없었어요. 다만 순찰 요원이 먼저 공격했기 때문에 방어했을 뿐이에요."

"그래. 어찌 되었든 너는 은별을 따라 여기까지 왔어. 그리고 말하지 않았던가? 휴먼 AI 3세대는 외부의 데이터를 끌어다 쓰는 순간, 위치가 쉽게 노출된다고. 원한다면 내 말이 거짓말인지 아닌지 확인할 수 있도록 해 줄게."

"어떻게요?"

반사적으로 묻고 나는 곧바로 후회했다. 그렇게 묻는 것 자체가 내가 클론이라고 스스로도 의심하고 있다고 자백하는 꼴이었다. 유도 신문에 걸린 기분이었다.

아니나 다를까. 녹두는 미소를 지으며 말했다.

"어서 타!"

나는 잠깐 망설였다. 하지만 한편으로는 오기가 일었다. 그녀가 틀렸다는 걸 인정하게 하고 싶었다. 일단 차의 뒷좌석에 올라탔다. 곧 차는 주차장을 벗어나 지상으로 올라갔다.

"은별, 3-17의 눈을 가려!"

"이렇게까지……."

나도 모르게 등받이에서 몸을 일으켰다.

"미안해. 우리의 원칙이야. 별일 없을 거야."

나는 잠시 룸 미러에 비친 녹두와 은별의 얼굴을 번갈아 쳐다보았다. 머릿속이 복잡했지만 어쩔 수 없었다. 은별이 수건을 꺼내 내 눈을 가렸다.

나는 차창을 향해 고개를 돌렸다. 아무것도 보이지 않았지만 눈앞이 환했다. 차 안으로 해가 들이비치고 있는 모양이었다. 숨을 몰아쉬었다.

'도대체 내게 무슨 일이 일어나고 있는 걸까?'

물론 해답이 나올 리 없었다. 대신 며칠 동안 잠을 빼앗아간 수많은 생각이 다시금 머릿속을 오갔다.

엄마의 통화 내용. '휴먼 AI 3세대' '오류' '정상수치를 벗어나고……' 그게 정말 날 가리키는 말이었을까? 연신 아니라고 반박하면서도 생각은 멈춰지지 않았다. 바이크 헌터 게임이 있던 날, 엄마는 갑자기 병원 예약을 했다고 말했다. 두 달에 한 번 받는 정기 검진이 아직 한 달이나 남았지만, 의사 선생님이 다음 달에 해외로 장기 출장을 간다며 당장 이번 주에 가야 한다고 강조했다. 그러려니 하려 했지만, 그게 엄마의 통화 내용과 관계가 있을 거라는 생각을 지울 수가 없었다. 녹두의 말이 그 생각을 부추기고 있었다. 그녀는 상상 속에 나타나서, '그것 봐. 내 말이 맞지?'하고 다그쳤다. 오늘 아침에는 아빠가 넌 시키는 것만 하면 된다고, 그게 네 역할이라고 말했다. 지켜보고 있겠다고 허튼짓하지 말라고 했지. 원래부터 아빠에게는 다정이나 온화함은 없었다. 엄격함을 넘어서 차갑고 날카로웠다. 아빠는 명령했고 나는 따라야 했다. 그건 예전부터……

문득 무서운 생각이 들었다.

'설마 내가 클론이라서 그랬던 건가?'

나는 온몸을 부르르 떨었다. 차가 왼편으로 회전하며 몸이 창 쪽으로 쏠렸다. 수건으로 가린 시야가 조금 흐려졌다.

나는 다시 길게 숨을 내쉬었다. 아빠의 말이 계속 머릿속에 맴돌았다.

'시키는 것만 하면 된다니……'

아빠는 철저하고 완벽한 사람이었다. 위성지구 출신이면서 동맹시의 시민이 된 입지전적인 인물. 그래서 위성지구 사람들의 본보기고, 희망이었다. 아빠는 위성지구에서 이름을 떨친 수재였다. 3년에 한 번 비동맹시 출신을 대상으로 치러지는 인재 선발 시험에서 아빠는 두 번 연속 수석을 차지했다. 한 번은 법무 집행관 시험, 또 한 번은 정치 행정관 시험에서였다. 그 덕분에 동맹시에 입성했지만 거기까지였다. 위성지구 출신에 대한 차별은 여전했다. 능력에 비해 직급이 낮은 법무 집행관에 머물렀고, 아무리 열심히 일해도 승진하지 못했다.

아빠가 막강한 권한을 가질 수 있는 보안국으로 자리를 옮긴 건 엄마 덕분이었다. 엄마는 동맹시 1세대 평의회 위원이었던 외할아버지의 재산과 직책을 고스란히 물려받았기에, 그것은 곧 아빠의 배경이 되었다. 아빠는 빠르게 승진해 내가 열 살 때, 안보국장이 되었다.

그런 뒤로 아이들은 나를 놀릴 때도 예전처럼 '위성지구 출신'이란 말을 사용하지 않았다. 그 전까지 아이들은 내가 조금만 잘못하면 서슴없이 "누가 위성지구 출신 아니랄까 봐!"라고 말했다. 더 이상 그 말을 듣지 않게 된 것만으로도 나는 기뻤다.

아빠의 질주는 거기서 멈추지 않았다. 머지않아 아빠

가 동맹시 평의회 위원이 되리라는 소문이 돌았다. 평의회는 겉으로는 동맹시 최고 자문기관이었다. 그러나 그 입김이 정치와 경제, 사법, 문화 등 모든 면에 미쳤다. 의회의 결정이든 법원의 결정이든 최종 승인은 평의회에서 내려졌다. 그래서 사람들은 평의회가 곧 동맹시라는 말도 했다. 평의회 위원 117명 중 70퍼센트는 세습된 사람들이었다. 그 중에서도 엄마는 평의회의 핵심이랄 수 있는 11인 위원회에 속해 있어서…….

거기까지 생각하고 나는 고개를 저었다. 아빠의 말이 머릿속을 맴돌았다.

"꼭 청년 평의회 위원이 되어야 해. 물론 청년위원이 된다고 무조건 정위원이 되는 건 아니지만, 정위원의 절반 이상이 청년위원이었다는 걸 잊지 마. 열심히 해 볼게요, 따위의 말은 하지 마. 무조건 되어야 하는 거야."

내가 클론이라면 구태여 그런 말까지 할 필요가 있었을까? ……아니지, 아니야. 그 말을 했던 것도 요한슨 증후군을 앓기 전이었어. 병원에서 나온 뒤로는 주로 시키는 대로만 하라고 했잖아. 그럼 내가 정말 클…….

나는 깜짝 놀라 거칠게 머리를 저었다. 내가 지금 무슨 생각을 하는 거야.

"내려 주세요!"

나는 등받이에서 몸을 일으켜 소리쳤다. 속으로 이 모든 게 당신 때문이라고 외쳤다. 그녀로 인해 생각지도 못한 일에 자꾸만 휘말리고 있는 느낌이 들었다.

"조금만 참아. 거의 다 왔어."

녹두는 마치 타이르듯 말했다.

"어딜 가는 거죠? 아니, 내가 왜 당신을 따라가야 하는 거예요?"

"너 자신을 위해서……."

"뭐라고요?"

"시간이 많지 않아, 우리 모두에게. 그러니 너한테 꼭 보여 주고 싶은 게 있어."

"필요 없어요. 아무것도 알고 싶지 않아요. 차 세우라고요!"

나는 소리를 높였다. 그게 효과가 있었던 걸까. 속력이 줄어드는 듯하더니, 차가 멈췄다. 나는 눈을 가린 손수건을 풀기 위해 양손을 머리 뒤로 넘겼다. 그때 녹두가 말했다.

"잘 생각해. 오늘이 아니면, 더 이상 기회는 오지 않아."

냉정한 말이었다. 나는 손수건을 풀지 못한 채 머뭇거렸다. 벌 받듯 한참 동안 그 상태로 고민하는데, 옆에 있던 은별이 조심스럽게 말했다.

"해치려는 거 아니에요. 나도 겪어 봤어요."

"……."

몸을 다시 등받이에 묻자 차가 출발했다. 나는 며칠 전 리아가 했던 말을 생각했다.

"녹두 언니에 대해서 아는 건 없어. 클론과 제3 거류지 시민들의 권익을 위해서 일한다는 이야기를 들었던 것 같아. 나도 정확히는 모르지만 반시연대 소속인 건 확실하고."

어느 순간, 차가 아래쪽으로 쏠리는 느낌이 들었다. 한참을 아래로 내려가다 차가 멈췄다.

"도착했어."

녹두의 목소리가 들렸고, 은별이 나의 손을 잡아 주었다. 나는 발을 더듬거리며 차에서 내렸다. 그리고 은별에게 팔목을 맡긴 채 녀석이 가는 대로 따라갔다. 어디선가 퀴퀴한 냄새가 났고, 문이 열리고 닫히는 소리가 들렸다.

그제야 은별이 수건을 풀어 주었다.

"아……!"

울창한 숲이었다. 사방이 나무로 빼곡했다. 삼나무와 상수리나무가 높이 자라 하늘을 가렸고, 그 틈새로 볕이 드는 곳마저 작은 나무들이 빽빽히 자라 숲은 어둑어둑했다. 나는 오솔길을 따라 한 걸음씩 내디뎠다.

떨어진 나뭇잎이 밟히는 소리가 났다. 숲 저편에서는 새소리도 들렸다. 나는 길을 따라 저 앞편 환한 빛이 보이는 쪽으로 나아갔다. 문득 생각이 나 한번 돌아보았지만 은별은 보이지 않았다.

그때, 오른편에서 후드득 소리가 들렸다. 상수리나무 가지 위로 다람쥐가 달아나는 모습이 보였다. 그보다 조금 더 앞에서는 이름 모를 새가 바닥에서 뭔가를 쪼아 먹다가 휙 날아갔다.

"……뭐지?"

왠지 모르게 익숙한 느낌이 들었다. 처음 와 보는 곳이 아니란 느낌. 빨간색 지붕, 그네, 노란색 장미 울타리, 그리고 호수의 이미지가 자연스럽게 떠올랐다.

오솔길 끝머리에 다다르자 나무들 사이로 붉은빛 지붕

이 보이면서 예스러운 통나무집이 모습을 드러냈다. 한 폭의 그림 같은 풍경이었다.

넋을 잃고 집을 향해 다가가니 노란색 들장미 울타리가 보였다. 집 왼편으로는 지붕을 덮고도 남을 만큼 커다란 호두나무가 우뚝 솟아 있었다. 그 나무에 매달린 그네는 바람이 불 때면 부드럽고 조용히 흔들렸다. 시선을 조금 더 왼쪽으로 돌리자 하늘만큼이나 파란빛의 호수가 한눈에 시원하게 들어왔다.

감탄이 읿과 동시에 기가 막혔다. 나는 이 모든 것이 이 자리에 있다는 것을 직감적으로 알고 있었다. 도대체 어떻게 이런 일이 가능할까. 나는 마음이 급해져 점점 더 빠르게 걸었다. 빨간 지붕 바로 아래, 2층 테라스 난간에서 누군가 손을 흔들고 있었다. 바로 그 여자였다. 환각 속에 나타나던 바로 그…….

숨이 막혀서 나는 우뚝 걸음을 멈추고 여자를 바라보았다. 여자는 틀림없이 나에게 미소를 지으며 오라고 손짓하고 있었다. 나도 모르게 한 걸음 다시 내디뎠다. 그런데 여자의 모습이 조금씩 흐려졌다. 눈을 비벼 보아도 마찬가지였다. 곧 빨간 지붕도, 울타리도 조금씩 흐려지더

니 뿌연 안개 속에 덮여 버렸다.

"헉! 뭐, 뭐지?"

숲은 사라졌고 호수도 보이지 않았다. 그리고 눈앞에 나타난 건 원형의 방, 돔처럼 둥근 천장, 바닥을 가득 채운 거대 모니터였다. 그 한가운데는 빨간색 개인용 소파 예닐곱 개가 사과 모양의 노란색 유리 테이블을 둘러싸고 놓여 있었다.

"이게 뭐죠?"

"네게 이식된 기억을 해킹한 장면이야. 메모리에 저장된 내용 일부를 마이크로 VR로 재현했어."

문득 엄마의 정원이 생각났다. 하지만 그게 중요한 게 아니었다.

"어떻게 이게 가능하냐고요?"

"말했잖아. 네 CPU는 쉐도우 터널을 찾아다니기 때문에 네 위치는 물론 IP까지 노출시킨다고. 유독 네가 심해. 같은 휴먼 AI 3세대인 은별이보다 훨씬 더. 그래서 너를 해킹하는 건 그다지 어렵지 않았어. 그런데 한 가지만 물어볼게."

"……?"

"지금 네가 가 본 그곳, 어땠어? 아주 익숙해 보이지만 은 않던데?"

혼란스러운 상태로 나는 무심코 대답했다.

"낯익었어요. 그런데도 또 낯선 느낌이랄까."

"알 것 같아. 휴먼 AI 3세대 모델이 일반 클론과 크게 다른 건, 원체의 기억 대부분을 이식받게 된다는 점이야. 그래야 원주인처럼 행동하면서 살 수 있으니까. 그런데 네 CPU에 기억을 심을 때 이 부분은 넣지 않으려 했던 것 같아. 하지만 기억이란 게 정확하게 칼로 자르듯 끊어 낼 수 있는 게 아니라서 이 기억도 일부 이식된 듯해."

"다 환각이라고만 생각했는데……."

"혹시 누군가 너를 쫓아오고 있다는 느낌이 들지 않았 니?"

"그걸 어떻게 알았죠?"

"그게 특징적인 오류야. 정확한 이유는 모르겠는데, 3세대 모델들은 서로 가까이 있으면 상대를 매우 예민하 게 감지하도록 설계되어 있어. 왜 그런지는 알 수 없고. 닥 터 솔로몬만이 알겠지."

"닥터 솔로몬……?"

"휴먼 AI 3세대 설계자야. 아무튼 은별이 주변에 있게 된 순간부터 너는 누군가 네 주변에 따라붙는 느낌을 받았을 거야. 은별이도 그랬을 테고."

"……그래서 도대체 여긴 어디죠?"

"차차 알게 될 거야. 다만 지하 11층이라는 것만 알아 두면 돼. 이 방은 꽤 두꺼운 금속 큐브라 어떠한 인공위성도 우리의 위치를 찾아내지 못해. 우리의 전초 기지라고 생각하면 돼. 우리는 여기를 세 번째 오두막이라고 부르지."

나는 그저 맥없이 고개를 끄덕였다. 녹두가 그런 나를 걱정스러운 눈길로 바라보더니 말했다.

"이제부터 이곳에 너를 네 시간만 잡아 둘 거야. 아, 그렇다고 너를 해치거나 한다는 뜻은 아니고. 다만 너를 네 시간 동안 실종 상태로 만들겠다는 뜻."

"그건 왜요?"

"네 부모님이 너를 찾아내지 못하게."

"그 말은 지금까지 부모님이 내 위치를 계속 확인하고 있었다는 소린가요? 설마…….."

"네 시간 후에 집으로 돌아가 보면 알겠지?"

녹두는 시종 여유 있는 표정이었다. 그런 그녀의 태도가 대놓고 나를 클론으로 치부하는 것 같이 느껴졌다. 부아가 치밀었지만 화를 내지는 못했다. 내가 클론일지도 모른다는 의심이 내 안에서도 자라나고 있었다.

'아무것도 모르는 편이 차라리 나았을 텐데.'

나는 초조하고 불안한 마음에 녹두에게 따져 물었다.

"도대체 나한테 왜 이러는 거예요? 몰랐으면, 그냥……."

"몰랐으면, 그냥 조용히 죽었을 테니까."

"뭐라고요?"

"말 그대로야. 네가 모르는 사이에 어느 날 주사 한 방으로 네 심장은 멈추고, 너는 한 줌의 재가 될 거야. 보통 의료용 클론은 장기를 적출당하고도 가능하다면 살아가게 두지만 휴먼 AI 3세대는 그게 불가능해. 휴먼 AI 3세대는 원체의 기억을 이식받았지. 그건 일시에 제거하기가 힘들어. 그래서 일정 기간 사용된 후에는 즉시 폐기된다. 너는 이런 현실을 용납할 수 있어?"

녹두의 목소리는 아까보다 단호했고, 심지어 다그치는 느낌마저 들었다.

"앞으로 오류는 더 잦아질 거야. 그건 네 신체에 이상이 있어서 빨리 손을 써야 한다는 뜻이지.”

“무슨 말이에요?”

“달아나, 멀리! 조금이라도 더 살고 싶다면 말이야. 지금은 그 방법밖에 없어.”

내가 놀라 되묻자 녹두는 나를 똑바로 바라보면서 대답했다. 마치 그 말을 하기 위해 지금까지 기다렸다는 듯이. 은별도 천진난만하게 웃으며 말했다.

“나도 그랬어요.”

그 모습을 어떻게 받아들여야 할지 곤혹스러웠다. 녹두는 작은 은빛 캡슐을 하나 내밀었다. 병원에서 주는 약과 비슷한 캡슐이었다.

“오류가 발견되었으니까 그들은 너를 병원으로 데려갈 거야.”

“……늘 하던 검사예요. 여러 가지 검사를 하고, 세 시간 잠들었다가 깨어나면…….”

하지만 이번에는 녹두가 말을 잘랐다.

“깨어나지 못할 수도 있어.”

“네?”

“병원에 가기 전에 달아난다면 좋겠지만……. 더 확인

해야 할 게 있다면, 병원에 도착하거든 기회를 봐서 삼켜. 이게 네 몸속의 CPU를 통제해서 네가 병원에서 약물에 의해 잠들어도 네 의식은 깨어 있게 할 거야. 그들이 무슨 이야기를 하는지 확인할 수 있겠지. 그다음부터는 네 선택이야. 달아날 수 있으면 달아나."

나는 꺼림칙한 기분을 안고 캡슐을 받아 들었다. 그 순간, 알 수 없는 한기가 돌면서 몸이 떨렸다. 다시 녹두가 말했다.

"그건 CPU 컨트롤러라고 생각하면 돼. 해킹 툴 원리를 이용해서 너의 CPU와 센서를 통제하고 조절하는 거야. 컨트롤러가 CPU를 제어하면, 네 몸속 조직과 기관의 모든 기능이 휴면 상태가 돼. 생존에 필요한 최소한의 활동만 유지하게 되지. 믿고 안 믿고는 전적으로 네게 달렸어."

수술대 위의 진실

녹두의 예상은 모두 적중했다.

"다섯 시간 동안 어디에 있었어? 전화는 왜 안 받아? 네 멋대로 뭘 하고 다니는 거야? 내가 분명히 경고했지!"

이렇게 날이 선 반응은 처음이었다. 아빠는 내가 들어 가자마자 소리를 지르며 다가왔다. 당장 목이라도 조를 기세였다. 그 때문에 나는 주춤거리며 현관 쪽으로 두어 걸음 물러났다.

"어디서 뭘 했어? 바른대로 대답해!"

"제3 거류……."

"또 거기 갔다고? 내가 분명히 경고했을 텐데?"

녹두가 일러준 대로 제3 거류지에 다녀왔다고 대답하려고 했다. 그곳에는 통신 불가 지역이 많아서 그럴싸한 핑계가 될 수 있었다. 그러나 도리어 아빠는 더 가까이 다가왔다. 아빠가 손을 올렸고, 나는 눈을 질끈 감았다. 그때 엄마의 목소리가 들렸다.

"그만해요. 내일 병원 가야 해요. 혹시라도……."

그 말에 아빠는 들어 올렸던 손을 내리고 나를 쏘아보더니 몸을 돌렸다. 나는 그런 아빠의 등을 쳐다보며 잠깐 서 있었다. 엄마가 방으로 돌아가라고 손짓을 하고 나서야 몸을 돌려 2층 계단으로 향했다.

방 안에 들어오자마자 침대에 털썩 주저앉아 이마를 짚었다. 동시에 나도 모르게 중얼거렸다.

"녹두의 말이 맞았어. 역시 나는……."

차마 패티 티슈라는 단어를 입 밖으로 꺼내고 싶지 않았다. 그 단어 자체가 치욕스럽게 느껴졌다. 그게 하필 왜 나여야 하는 걸까.

받아들이기 힘들었다. 그러나 온갖 기억들이 그 사실을 인정하라고 재촉했다. 철저히 무시하거나 윽박지르기 일쑤였던 아빠의 모습, 어릴 때를 제외하고는 미소 한 번

보인 적 없는 엄마의 얼굴. 이보다 더 확실한 증거가 어디에 있을까.

'아, 어릴 때 보았던 엄마 아빠의 미소는 나를 향한 것이 아니라 내 원체를 향한 것이었구나……'

원체가 궁금해졌다. 나는 침대에서 일어나 책상 앞으로 다가갔다. 오른쪽 옆에 놓인 액자에 엄마와 아빠 그리고 세나까지 나란히 서서 찍은 사진이 있었다. 모두 두꺼운 방한복을 입었고, 뒤편에는 이글루와 얼음산의 실루엣이 드러나 있었다. 열한 살의 나, 아니 원체는 개가 끄는 썰매의 꽁무니에 한발을 올려놓은 채였다. 아래쪽에 북극 여행 기념이라는 글자가 선명했다.

액자를 슬쩍 건드리자 검어졌다가 밝아지면서 곧 동영상이 재생되었다. 시베리안 허스키와 얼음 벌판을 뛰어놀고 있는 원체와 세나, 그리고 그걸 흐뭇한 표정으로 지켜보는 엄마와 아빠. 화면을 넘기자 다른 동영상도 재생되었다. 수십 마리 개들이 끄는 개썰매를 타고 눈길을 거침없이 달리는 가족들. 가끔 세나의 환호성이 들린다. 또 다른 바뀐 화면에서는 모닥불을 피워 놓고 그 앞에서 바베큐를 해 먹는 가족들…….

'이 모든 게 원체의 것이란 말이지? 지금의 나와는 아무런 상관이 없는!'

불현듯 녹두의 말이 생각났다.

"달아나, 멀리!"

나도 모르게 창 쪽으로 다가갔다. 창밖을 내다보면서 외투의 오른쪽 주머니에 손을 넣자 녹두가 준 캡슐이 만져졌다. 섬뜩할 만큼 차가웠다. 기분 탓이라는 사실을 모르지 않았지만 얼음 조각이라도 만진 것처럼 얼른 캡슐에서 손을 뗐다. 그러나 그 서늘한 느낌이 한동안 손끝에 오래 남았다.

침대에 누울 수도 책상 앞에 앉아 있을 수도 없었다. 밤새도록 아무것도 하지 못하고 창 앞에서 서성대다가 다시 침대 옆에 쪼그리고 앉았다. 방문을 열고 복도를 조심스레 살피기도 했다. 그 짓을 수없이 반복했다.

마침내 새벽이 오고 창 밖이 뿌옇게 물들었을 즈음 나는 결심했다.

'그래, 달아나자.'

나는 성큼성큼 거실을 가로질렀다. 하지만 차마 문을 열지 못했다.

'왜? 내가 클론이라는 사실이 밝혀졌는데, 뭘 주저하는 거지?'

머리로는 알아도 도저히 받아들일 수가 없었다. 결국 나는 아직 준비가 안 되었다는 말도 안 되는 핑계를 대고 방으로 돌아왔다. 그리고 아침이 되도록 가만히 누워 있었다. 잠깐 잠이 들었는데 엄마가 방문을 두드리는 소리에 눈을 떴다.

엄마가 내게 아무 말을 건네지 않아, 나도 말없이 엄마를 따라 주차장으로 내려가 차 뒷좌석에 탔다.

─ 메디컬 센터 R동이 목적지로 설정되었습니다. 거리는 12.7킬로미터이며, 예상 소요 시간은 22분입니다.

엄마가 내비게이션을 조작하자 앞 유리창에 제복을 입은 교통 안내원의 홀로그램이 나타나 말했다. 나는 차창에 얼굴을 바짝 들이대고 바깥을 내다보았다.

잠시 후, 차는 동맹시 제1 특별구를 지나기 시작했다. 거리는 한산하고 깔끔했다. 가로수는 물론이고 가로등까지 깨끗하게 정비되어 있었다. 창밖으로 찬찬히 지나가는 고급 주택들을 하나씩 쳐다보았다. 하나같이 넓고 시원한 창을 가진 집들이었다. 대부분 2층이나 3층 주택이었고,

울타리는 없었으며 잔디가 깔린 정원을 가지고 있었다. 동맹시에서 유일하게 개인 주택이 들어선 곳이 바로 이곳이었다. 동맹시 설립에 초기 투자한 사람들을 위한 특혜 구역이었다. 나머지 대부분의 동맹시 주민은 고층 아파트에 살았다.

차가 자율주행 모드로 바뀐 뒤에도 엄마는 아무 말도 하지 않았다. 힐끗거려 보았지만, 엄마는 앞쪽만 보며 멍하니 있을 뿐이었다. 그 모습이 낯설지 않았다. 병원에 갈 때도 그렇고, 엄마는 꼭 필요한 말 이외에는 하지 않았다. 내게는 세나에게 하는 것처럼 학교생활이 어땠는지, 오늘은 어디를 다녀왔는지, 공부는 잘하고 있는지 같은 질문은 하지 않았다. 내가 아침 인사를 해도, 일을 마치고 온 엄마에게 잘 다녀오셨는지 물어도 엄마는 입꼬리만 살짝 올릴 뿐, 별다른 말을 해 주지 않았다. 디지털 액자에 있는 영상처럼 다정다감한 모습은 대부분 어릴 때, 그것도 지극히 일부일 뿐이었다.

생각 끝에 나는 엄마 쪽을 향해 입술을 달싹였다.

"그래서였구나. 내가 클론이라서……. 어릴 때 기억에도 다정한 엄마의 모습은 거의 없어서 이상한 걸 몰랐는데……. 그럼, 그건 왜지?"

숨을 몰아쉬며 뱉은 말이어서 크게 들리지는 않았다. 그런데도 엄마의 고개가 살짝 움직였다. 어깨가 조금 떨리는 듯하다가 말았다. 먼저 말을 걸어 볼까 싶었지만 나는 곧바로 포기했다. 새삼스레 말을 걸어도 어차피 엄마는 대답하지 않을 것이다.

어느새 차가 멈췄다. '메디컬 센터 부속 두뇌 과학 연구소' 앞이었다. 나는 주머니 속의 캡슐을 다시 만지작거렸다.

특별히 달라진 것은 없었다. 10분 정도 기다린 다음 주치의를 만났다. 그는 열댓 항목의 문진과 청진기로 간단히 검진을 마친 뒤에 말했다.

"건강 상태가 아주 좋아 보이네. 평소보다 약간 맥박이 빠르긴 하지만 우려할 정도는 아니야. 그럼 이제 시작해 볼까? 너무 긴장하지 마. 평소와 다르지 않을 테니까. 금방 끝날 거야."

의사는 친절하게 말했고 간호사를 불렀다. 나는 이전에도 그랬듯 간호사를 따라 검사실로 들어갔다. 그곳에서 간호사는 이동 침대 위에 놓인 환자복을 가리켰다.

"갈아입으세요."

그리고는 커튼으로 침대를 가려 주었다. 나는 커튼을 살짝 열고 그 사이로 간호사를 훔쳐보았다. 그녀는 한편에 놓인 은색 트래이 위의 노란색 수액을 흔들어 IV 폴에 걸고, 주사기 하나를 빼 들더니 조그만 약병에 찔러 넣었다.

이제 잠시 후면, 간호사는 나에게 다가와 수액을 놓을 것이다. 그 수액 속에 또 다른 주사액 몇 개를 더 추가할 것이고, 그게 다 끝나면 입을 벌리라고 한 다음 목구멍 안에 뭔가 주입할 것이다. 그러면 나는 잠이 들겠지. 그리고 서너 시간이 지난 후에 이 자리에서 다시 깨어날 테고.

이대로라면 아무런 문제가 없어 보였다. 그래서 생각했다. 녹두가 틀릴지도 모른다고. 그냥 오늘도, 이전에 그랬던 것처럼 똑같은 검사가 이루어질 것이고, 세 시간이 지나면 다시 엄마와 함께 집으로 돌아갈 것이라고. 아니, 그래야 한다고!

그 실낱같은 희망 때문에 나는 어젯밤 달아날 기회도 포기했으니까.

그때 간호사가 커튼을 열고 들이닥쳤다.

"준비됐나요? 어, 왜 아직도……."

"화, 화장실에 가고 싶어요. 다녀와서 갈아입어도 되죠?"

"아, 그래요. 그럼……."

간호사가 의외라는 듯 고개를 갸웃하다가 끄덕였다.

쫓기듯 화장실로 달려갔다. 세면대 위에 걸린 거울을 보며 길게 심호흡을 하고 찬물로 얼굴을 씻었다. 몸의 열기가 조금 가시는 듯한 기분이 들었다. 아무도 없는 걸 뻔히 아는데도 공연히 주위를 둘러보았다. 그러고 나서 주머니 속의 캡슐을 꺼냈다. 손끝이 떨리고 땀이 났다. 크게 심호흡을 한 번 더 하고, 캡슐을 삼켰다.

나는 아무렇지도 않은 체하며 검사실로 돌아왔다. 재빨리 환자복으로 갈아입고 침대에 누웠다. 곧바로 이전과 똑같이 간호사가 팔뚝에 노란색 수액의 주삿바늘을 꽂고, 구강 스프레이 같은 것을 내 입에 뿌렸다. 곧 기체인지 액체인지 알 수 없는 것이 목구멍 안으로 넘어가면서 졸음이 쏟아졌다.

"이전처럼 편히 누워 있기만 하면……."

간호사의 말이 채 끝나기도 전에 눈이 감기고 온몸의 기운이 쭉 빠졌다.

'이제 몇 시간 뒤면······. 어쩌면 녹두가 말한 것과는 달리 나는 아무 일 없이 깨어나 집으로 돌아가서 저녁때는 내 방에 앉아서 컴퓨터 게임을 할 거야. 내일모레 리아와 만나기로 한 약속도 지킬 것이고······.'

나는 기도하듯 거듭 생각했다. 얼마나 시간이 지났을까. 검사실 문이 열리는 소리와 함께 서두르는 듯한 발걸음 소리가 들렸다.

"구급차가 준비됐습니다."

"서둘러요."

내가 누워 있는 침대가 거칠게 움직였다. 발끝에서, 코끝에서 바람이 느껴졌다. 반사적으로 눈을 뜨려고 움찔댔지만 눈꺼풀이 움직이지 않았다. 모든 것을 소리로만 짐작해야 했다. 곧 요란한 이동 침대의 바퀴 소리가 멎더니, 엘리베이터 차임벨 소리가 들렸다.

— 지하 7층입니다.

엘리베이터 안내음이 귓가에서 울렸다.

'도대체 나를 어디로 데려가는 거지? 병원 내부가 아니라 바깥으로 이동하고 있다면, 그건 틀림없이 나를······.'

공포감이 밀려왔다. 그런데도 무엇을 어찌해야 할지

알 수 없었다. 고개를 돌릴 수도, 눈을 뜰 수도 없었다. 오직 정신만 말짱했다. 연이어 내 몸은 두세 사람에 의해 바닥이 딱딱한 들것에 옮겨졌고, 곧바로 벨트로 다리와 골반, 가슴이 고정되었다. 차 문을 여닫는 소리와 엔진 소음이 들리고, 몸이 양옆으로 흔들거렸다.

'정말 어디로 가고 있는 걸까?'

두려움을 참고 감각을 귀에 집중했다. 앞쪽에서 말소리가 들렸다.

"네, 말씀하십시오. 이송차 안입니다. 폐기 예정 클론을 싣고 이동 중입니다. 10분 후에 시립 휴먼제작소에 도착하면 곧바로 폐기 팀에 인도할 예정입니다."

그 말을 들은 순간, 마치 심장이 멎는 것 같았다. 폐기 예정이라니! 실낱같은 희망에 불과할 테지만, 녹두의 말이 틀리기를 바랐는데……. 그러나 이제는 더 이상 의심할 여지가 없었다. 시립 휴먼제작소는 의료적 사용이 끝난 클론을 재활용하는 공기업이었다. 그곳에서는 약물을 통해 클론의 이전 기억을 최소화시키고 단순 기술만 가르쳤다. 그런 다음에 동맹시의 위험 지역 관리에 사용했다.

움직여 보려 했지만, 몸이 말을 듣지 않았다. 마음이 급하고 머릿속이 복잡했다. 안간힘을 쓰는 사이 앞쪽에서는 또 다른 소리가 들려왔다.

"네? 무슨 말씀이십니까? 이 클론은 완전 소각하라는 지시가 있었습니다. 재활용도 안 된다고……. 네? 아, 알 았습니다. 그럼 일단 지시대로 하겠습니다."

나는 신경을 곤두세운 채 그들의 대화에 집중했다.

"무슨 일이야?"

"폐기 절차를 밟지 말고, 돌아오라는데? 새 상품이 아 직 준비가 덜 됐나 봐."

"새 상품?"

"원래 저 폐기 클론을 이번 새로 출시된 휴먼 AI 4세대 와 교체할 예정이었는데, 시제품에 문제가 생긴 것 같아."

그가 말을 마치자 차가 크게 회전했다. 도대체 무슨 일 이 일어나는지 알 수가 없었다. 긴장감은 높아졌지만 가 슴이 뛰지는 않았다. 녹두가 준 캡슐 때문일 것이다.

두 사람의 말이 이어졌다.

"휴, 이런 문제가 많은 제품을 사용해야 하나? 더구나 불법이잖아."

"문제가 많든 적든, 돈이 있는 사람들이나 하는 짓이니

상관없지. 저 물건은 동맹시 평의회 부위원장님 거라며? 남편은 안보국장님이고. 우린 사용하고 싶어도 못 하지.”

시제품, 불법, 물건. 그런 단어들이 화살이 되어 심장에 꽂히는 기분이었다.

한참을 달리던 차가 멈추자, 몸을 조이고 있던 고정 벨트가 풀리고 이동 침대로 옮겨졌다. 그다음에는 엘리베이터……. 아까와는 반대 과정을 통해 나는 잠들었던 자리로 돌아왔다.

조금 시간이 지나자 주위가 어수선해졌다. 간호사가 팔에 주사를 두 번이나 놓았고, 내 몸은 여러 명의 손에 의해 발가벗겨졌다. 그러고는 차가운 침대로 옮겨졌다. 몸 위에 기계가 지나가는 것처럼 웅웅거리는 소리가 한참이나 들렸다. 곧 몸이 어딘가에 거꾸로 매달렸다가 반듯하게 눕혀졌다. 또 조금 전과는 다른 기계음이 들렸다.

얼마 후에는 누군가 내 몸 곳곳에 미끈거리는 액체를 바른 다음, 테이프 같은 것을 잔뜩 붙였다 떼었고, 머리에도 뭔가를 씌웠다가 걷어 냈다. 그리고 사람들의 말소리가 들렸다.

귀에 익은 간호사와 낯선 남자의 목소리. “전신 스캔합니다." "세포 개체 수 137퍼센트 증가했습니다. 노화 속도 12퍼센트 가속되었습니다." "튜링 테스트 시작합니다." "버그 발견, 수정합니다." "CPU와 프로세스 점검합니다." "해킹 흔적이 있습니다." "EEG(electroencephalogram, 뇌파도) 확인합니다." "유동 센서 업그레이드되었습니다."

나는 발가벗겨진 채 짐승처럼, 실험체처럼 다뤄지는 게 수치스럽고 굴욕적으로 느껴졌다.

정확한 시간은 알 수 없지만, 적어도 두세 시간이 흐른 것 같다고 생각할 때쯤 내 몸은 원래의 침대로 옮겨졌다.

비로소 조금이나마 마음이 놓였다. 누군가의 손에 의해 이리저리 옮겨질 때마다 이대로 쓰레기통에 처박히지는 않을지 걱정했고, 주사를 맞을 때마다 '숨 쉬는 미라'가 되는 건 아닐지 두려웠다.

'그래도 아직은 무사하니까……. 하지만 이제 사람들이 나를 어떻게 할까?'

당장 폐기하지 않는다고 해도 무사하리라는 보장은 없었다. 빨리 이곳에서 나가고 싶었지만 몸은 역시 움직이지 않았다. 한참을 버둥거렸지만 마찬가지였다.

"아니, 검사 결과가 왜 이래?"

거친 목소리가 들렸다. 그 목소리의 주인이 누구인지는 바로 알 수 있었다. 주치의였다.

"이 새끼, 호흡이며 맥박이 지나치게 일정하네. 어떻게 이럴 수가 있지, 수상한데? 해킹당한 흔적이 발견됐다고 했지? 김 선생, CPU와 생체 간의 인터랙션이 정상인지 체크해 봐."

주치의의 목소리는 몹시 흥분되어 뭔가 서두르는 것 같았다. 그런데 '이 새끼'라니? 그토록 친절하던 주치의가 맞나, 소름이 끼쳤다.

"이것 봐. CPU가 지금 뭔가에 의해서 정지되어 있잖아. 다른 뭔가가 이 새끼의 생체 활동을 통제하고 있어. 도대체 무슨 일이 있는 거야? 외부에서 해킹해서 통제하고 있나?"

"바이러스 아닐까요?"

"그럴지도. 바이러스를 심었을 수도 있어요. 박 선생, 일단 백신 주입하고 해킹이 어디에서 시작된 건지 알아봐."

"확인해 봤지만 찾을 수 없었어요."

"해킹 흔적이 있었다며?"

"정확히 말하면 해킹을 당한 게 아니라, 3-17이 외부의 데이터를 여러 곳에서 수집했습니다. 공공 네트워크와 쉐도우 터널까지 드나들었어요."

　"뭐라고? 뭘 수집했는데? 지금 확인할 수 있어?"

　주치의와 간호사의 이야기를 들으면서 나는 다시 한번 녹두의 말이 옳다는 것을 인정할 수밖에 없었다. 방금 전까지만 해도 마음 한편으로는 '아닐 거야!'라는 말을 되뇌고 있었지만, 이제는 그 희망도 흔적 없이 녹아내리고 말았다. 그만 듣고 싶었다. 움직일 수만 있다면 당장 귀를 틀어막고 싶었다.

　"가장 눈에 띄는 건 각종 격투 기술이에요."

　"뭐라고? 하, 이 새끼가 뭘 하고 다닌 거야. 어디서?"

　"그 기록은 정확히 남아 있지 않아요. 몸에서 전투 중에 타격을 받은 흔적이 발견되긴 해요."

　"그럼, 해킹을 당하기도……."

　"해킹을 당했다기보다는, 누군가 3-17의 CPU에 내장된 기억을 스캔한 흔적이 있어요. 하긴 이것도 해킹이라 할 수 있겠죠."

　"뭐라고? 그걸 어떻게? 그럼 저 새끼가 반시연대와 접

촉하고 있었단 말이야?"

"갑자기 반시연대는 왜요?"

"원거리 해킹이 아니고, 근거리에서 직접 놈의 CPU를 건드릴 수 있는 사람은 닥터 솔로몬뿐이야. CPU와 생체 간의 상호 작용 알고리즘을 완벽하게 이해하는 사람은 그가 유일해."

"휴먼 AI의 작동 원리 창시자니까요. 그럼 닥터 솔로몬이 반시연대에 협조하고 있다는 소문이 사실인 걸까요?"

"어쩌면 그럴지도 몰라. 안 그래도 요즘 그의 행방이 묘연해서 휴먼 AI 3세대는 부품도 함부로 건드리기가 애매해……. 어딘가에 알고리즘을 기록했다고 하는데 찾을 수가 없어."

나에 대해서 나보다 더 많이 알고 있는 사람들이라니. 내가 그런 존재였다니. 그리고 왜 반시연대의 이름이 이들에게서 나오는 걸까. 나는 또 다른 공포감에 사로잡혔다. 이제는 벗어나려 해도 절대 그럴 수 없는 깊은 수렁에 빠진 느낌마저 들었다.

그러다 문이 거칠게 열리는 소리가 들렸다. 동시에 큰 목소리가 병실 안을 찢었다.

"소장님, 대체 지금 어쩌자는 겁니까?"

나는 화들짝 놀랐다. 목소리의 주인은 아빠였다.

"국장님, 제가 상세히 설명드리겠습니다."

"새 제품 출시가 어렵다고요?"

"그게 좀 복잡하게 됐습니다. 시제품이 완성되긴 했지만 치명적인 오류가 발생했습니다."

"오류요? 휴먼 AI 2세대도 오류, 새 제품도 오류! 소장님은 도대체 뭐 하시는 분입니까?"

"그럼, 저걸 다시 우리 집으로 데려가야 한단 말이에요? 하자가 많다면서요? 당장 바꿔 주세요."

엄마? 나도 모르게 흠칫 떨었다. 눈을 뜨고 있지도 않은데, 눈앞이 캄캄해지는 기분이었다.

"위원님, 진정 좀 하시고……."

"원래 안 하던 짓을 해요. 자신이 인간이라도 되는 듯 행동하고 있다고요. 제3 거류지를 출입하고 불법 게임을 하러 다닙니다. 혹시라도 평의회에서 알게 되면 그게 우리 명예에 얼마나 치명적일지 알고 있지요? 이건 소장님이니까 드리는 말씀이에요."

엄마는 힘주어 말했다.

"네, 알고 있습니다. IP를 추적해 이미 확인했습니다. 그 모든 게 CPU의 자율지향 모드가 높아서 그렇습니다."

"자율지향 모드라니요?"

이번엔 아빠가 물었다.

"AI 개체가 스스로 인간적인 행동을 하려는 행위를 의미하는 말입니다. 애초에 휴먼 AI 모델이 최초로 만들어졌을 때, 시간이 지날수록 더욱 인간답게 행동하도록 셋업되었다는 뜻이죠."

"그게 무슨 말이에요?"

"아, 아닙니다. 어쨌거나 조치하겠습니다."

주치의는 또박또박 말했다. 엄마 아빠에게 확신을 주려는 것 같았다.

"결국 이 물건은 도로 가져가야 한다는 건가요?"

"그렇지 않으면 세인 군이 돌아와야 합니다."

그 말에 꿀꺽 침이 삼켜졌다. 삼킬 수 있는 걸 보니 몸이 원래대로 돌아오고 있는 모양이었다.

"소장님, 지금 우리 아이 상황을 알면서 그러시는 거요?"

아빠가 발끈해 물었다. 그 바람에 습관적으로 몸이 움츠러들었다.

"네, 알고 있습니다. 여전히 학습을 거부하고 있다고 하더군요."

"해도 그놈은 머리가 안 돼요. 자기 친엄마를 닮았어요. 그림 그리는 거나 좋아하고……. 한심한 놈!"

또 무슨 말일까. 학습을 거부한다고? 그리고 '친엄마'라니? 그럼, 내가 세나와 친남매가 아니었다고?

"그래서 어떻게 하실 건가요?"

"저걸로 몇 달만 버텨 주십시오. 그때까지는 새 제품으로 교환해 드리겠습니다. 저도 어쩔 수가 없습니다. 새 제품에 사용될 기억 데이터는 모두 다운받아 놓았습니다."

"그사이에 무슨 일이라도 생기면요?"

"걱정 마십시오. 해킹 방어 툴을 최대한 작동시키고, 자율지향 모드 수위를 낮추어 놓으면 큰 문제는 없을 겁니다."

"휴우……."

엄마가 길게 한숨을 내쉬었다.

"어차피 이 모델의 남은 한계 수명은 이제 1년 남짓입니다. 그때부터는 노화가 빠르게 진행됩니다. 그것 때문에라도 교체해야 합니다. 일단 여기는 좀 그렇고, 대기실에 가서 잠시만 기다려 주십시오. 제가 검사 결과 데이터 뽑아서 가겠습니다. 그것으로 더 상세한 안내를 드리겠습니다. 박 선생, 두 분 좀 안내해 드리세요."

그리고 잠깐 조용해졌을 무렵, 내 심장이 갑자기 격하게 뛰었다. 그걸 깨달았을 때 간호사의 목소리가 들렸다.

"소장님, 3-17의 호흡과 심박 수 변화가 있습니다. 뇌파도 불규칙합니다."

나는 심호흡하고 눈을 가늘게 떴다. 간호사가 다가오는 게 흐릿하게 보였다.

돌아올 수 없는 여행

며칠 동안 내내 두려움에 사로잡혀 있었다. 눈을 감으면 다시 메디컬 센터의 차가운 수술대 위에 놓여 있거나, 손발이 묶인 채로 어딘가로 실려 가고 있을 것만 같았다. 눈을 뜨면 환각은 잦아들었지만, 대신 수술대 위에 누워서 들은 여러 사람의 목소리가 하나도 빠짐없이 머릿속에서 되살아났다. 그들의 말 한마디 한마디가 끝날 때마다 두서없는 질문을 자신에게 쏟아부었다. '닥터 솔로몬이 누구죠? 그가 내 몸에 손을 댔단 말인가요?' '엄마가 나의, 아니 내 원체의 친엄마가 아니라고요?' 따위의 질문들이었다. 물론 답을 해 줄 사람은 없었다.

더더욱 나의 신경을 곤두서게 했던 것은 주치의가 엄마와 아빠를 대기실로 돌려보낸 다음, 간호사와 나눈 이야기였다.

엄마 아빠가 검사실을 나가자 간호사는 말했다.

"왜 사실대로 말씀하지 않으셨어요? 휴먼 AI 4세대는 개발 계획도 없고, 저 패티 티슈도 수리가 어렵다고 말씀하셨어야지요."

그 말에 눈을 뜰 뻔했다. 그럴 수 없다는 걸 알고 있었지만. 그런데 주치의의 반응이 더 의외였다. 그는 아주 퉁명스럽게 답했다.

"김 선생, 알면서 왜 순진한 척하고 그래요."

"결국 투자를 받기 위한 쇼였다는 거군요?"

간호사는 혼잣말처럼 대꾸했다.

"이제 몇 달 후에 또 뛰어오겠지. 그러면 뭐, 투자가 여의치 않아서 중단되었다고 하면 돼."

"그래도 국장님이 가만히 있을까요?"

"가만있지 않으면? 우린 한배를 탔어. 저 물건 자체가 불법이야. 의료용 외에 클론은 다른 용도로 사용할 수 없다는 거 알지?"

"어휴. 그런 짓을 왜 하죠? 가질 거 다 가지신 분이 말이에요."

그 말에 주치의는 비웃는 듯한 어조로 입을 열었다.

"후후. 국장님의 목적은 자기 아들을 평의회 위원으로 세습시키는 거야. 평의회 위원이 되려면 제1 교육원의 1퍼센트가 되어야 하고. 그런데 그 아들은 학습 능력이 없어. 머리도 나쁘고 공부도 안 해. 그럼 어떻게 해야겠어?"

"AI라도 동원해야겠군요. 수단과 방법을 가리지 않고, 1퍼센트가 되려면 말이에요."

"맞아, 바로 그거야! 게다가 사람은 업그레이드가 안 되지만 AI는 업그레이드가 되잖아. 봤지? 딥 러닝은 물론 스스로 빅데이터를 수시로 끌어다 쓰잖아."

"결국 학습 능력이 뛰어난 휴먼 AI가 일정 기간 아들 노릇을 하는 것이로군요. 학교 성적은 늘 최상위권이겠네요. 그렇지만, 어휴! 소름 끼치네요. 아들과 똑같이 생긴 패티 티슈가 엄마라고 부르면……? 으으!"

간호사는 진저리를 쳤다. 그녀가 한 말은, '나는 누구일까?'라는 질문에 대한 대답으로 충분했다.

"그럼 국장님 아드님이 무슨 병에 걸렸다는 것도 거짓말인 거예요? 입원해 있다면서요? 우리 병원에 있나요?"

"병은 무슨. 걱정 마, 우리 병원은 아니야. 위성지구에 있어."

그 대화가 계속해서 생각났다. 한번 시작된 생각은 강물처럼 끊임없이 흐르고 또 흘렀다. 그 흐름을 끊지 못한 채 나는 일어났다. 가방 안에 옷가지만 몇 개 넣고 밖으로 나왔다. 거실로 내려와서 사방을 돌아보았다. 아빠의 서재부터 안방, 주방을 돌아보고 천천히 현관으로 걸어갔다. 신발을 신기 전에 한 번 더 집을 돌아보았다.

마지막일지 모른다는 생각 때문에 선뜻 돌아서기가 힘들었다. 하지만 사람인 체하며 그러고 있는 자신이 가증스러웠다. 이를 악물고 돌아섰다.

집 밖으로 나온 뒤에는 도망치듯 뛰었다. 그리고 큰길로 나와 자율주행 버스를 탔다. 버스의 뒤편, 햇살이 잘 드는 쪽으로 앉아 눈을 감았다. 가능한 한 아무것도 생각하고 싶지 않았다.

한참을 그러고 있자 하품이 났다. 그러고 보니 병원에 다녀온 뒤, 사흘 내내 제대로 잠을 이루지 못했다. 잠이 들었다가도 화들짝 놀라 깨어났고, 선잠이 들면 로봇처럼 팔다리가 일일이 분해되거나 금속 심장이 꺼내지는 꿈을 꾸었다.

나는 온몸에 힘을 빼고 좌석을 뒤로 젖혔다. 하지만 쉽게 잠이 오지 않고 다시 이런저런 생각들이 끼어들었다.

"휴……."

숨을 길게 내쉬고 나는 녹두를 생각했다. 자연스럽게 그녀의 얼굴이 떠올랐다. 파도처럼 밀려오는 수많은 생각의 해답을 가진 유일한 사람이니까.

녹두는 그날 이후로 연락이 없었다. 그 생각을 하자마자 나는 피식 웃음이 났다. 왜냐하면 녹두는 원래 내게 연락한 적이 없었으니까. 그녀는 어느 순간 문득 나타났고 번번이 나를 냉정하게 '시험'했다. 그리고 마침내 '내가 누구인가'에 대한 확답을 얻도록 했을 뿐이다. 왜 그랬을까.

버스는 곧 물결 타워 주거 단지를 관통했다. 양옆으로 최소 50층에서 최대 99층에 이르는 거대한 아파트 단지가 숲처럼 늘어서 있는 동맹시 최대 주거 밀집 지역이었다. 아파트 건물들이 이루는 스카이라인이 물결치듯 이어져 있어서 물결 타워라고 불렸다. 동맹시 인구의 5분의 1이 이곳에 살았고, 리아도……

'아, 리아!'

문득 리아를 통하면 녹두에게 연락이 될지 모른단 생각이 들었다. 애초에 녹두를 만난 것이 리아 덕분이었으니까. 어쩌면 리아는 그녀에 대해 내가 생각하는 것보다 더 많은 것을 알고 있지 않을까?

하지만 리아와 이야기를 나눌 자신이 없었다. 틀림없이 갑자기 왜냐고 물을 테니까. 그러면 결국 내가 클론이라는 사실부터 밝혀야 할 텐데, 차마 그럴 용기가 없었다.

고민에 빠져 있을 때, 앞 좌석 등받이의 화면이 반짝거렸다.

—아직 목적지를 설정하지 않으셨습니다.

화면 속에 노란 옷을 입은 안내원 캐릭터가 웃으며 승차장 지도를 보여 주었다. 정류장 이름이 있는 여섯 개의 아이콘이 화면에 나타났다. 그러더니 오른쪽에서 왼쪽으로 열을 지어 지나갔다. 손을 뻗었지만 선뜻 누르지 못했다. 갈 곳도, 가야 할 곳도 생각나지 않았다. 아니, 애초에 나에게 그런 곳이 있기나 할까.

해안 전망대, 동맹시 서문, 시립 7대학, 동맹시 평의회, 제2 위성지구 환승역, 제4 위성지구 환승역……. 승차장 이름을 하나씩 따라 읽었다.

제2 위성지구 환승역과 제4 위성지구 환승역 아이콘 사이에 손가락을 두고 망설였다.

"아!"

나는 놀라서 소리를 냈다. 롯 타워로 가는 제4 위성지구라면 몰라도 제2 위성지구라니!

그랬다. 내 머리는 내가 인식하지 못하는 사이에 엄마의 내비게이션에 입력되어 있던 여러 목적지를 떠올렸다. 그중 하나인 제2 위성지구 공립병원, 그곳에 원체가 있을 것이란 추측이 뒤따랐다. 자신도 모르게 원체를 떠올리고 있었다고 생각하니 섬뜩했다.

제2 위성지구를 누를까 한참이나 망설였다. 하지만 나는 결국 손가락을 더 내뻗지 못했다. 원체를 만나서 뭘 어쩌겠다고. 한참을 망설이고 주저한 끝에 나는 제4 위성지구 환승역 아이콘을 눌렀다.

─제4 위성지구 환승역을 선택하셨습니다. 목적지까지는 22분 정도 소요됩니다.

안내원 캐릭터가 그렇게 말하고는 화면에서 사라졌다.

"이번에는 왜지? 왜 제4 위성지구여야 하지? 내가 클론이라서? 그러므로 애초에 내가 살아야 할 곳은 결국 제3 거류지라서? 하하⋯⋯."

제4 위성지구 환승역은 대중교통 수단을 이용해 제3 거류지로 가는 유일한 방법이었다. 나는 속으로 자신을 비웃었다. 나는 절대 클론이 아니라고 소리치던 내 모습이 떠올라서였다.

나는 정신이 나간 사람처럼 한참이나 혼자 히죽거렸다. 한참의 시간이 지나도 웃음이 멈추지를 않았다. 미쳐 가는 것만 같았다. 마구 소리라도 지르고 싶어, 나는 자리에 앉은 채 온몸을 비틀었다.

제4 위성지구 도시철도 승차장 표지판이 보이고, 버스가 정류장에 멈춰 선 다음에야 마음을 진정시켰다. 나는 숨을 크게 들이쉬고 주먹을 꼭 쥔 채 버스에서 내렸다.

수많은 사람이 오가는 거대한 건물 안으로 들어갔다. 건물 내부는 깊었다. 오로지 한 방향으로만 길이 쭉 뻗어 있었고, 타원형 천장에는 일정한 간격으로 '제4 위성지구 도시철도 승차장'이란 안내판이 화살표와 함께 걸려 있었다. 사람들 무리 너머의 끝이 잘 보이지 않을 만큼 꽤 긴 길이었다. 약속이나 한 듯 저편에서 나오는 사람들은 왼쪽으로, 제1 위성지구 쪽으로 가는 사람들은 오른쪽으로 걸었다.

10분쯤 걸었을까, 갑자기 아래로 향하는 계단이 나타났다. 맨 아래에 있는 사람이 까마득하게 보일 만큼 꽤 깊었다. 그 계단을 다 내려가자 은빛의 스마트 튜브가 나타났다. 이를테면 출입 관리소랄까. 동맹시를 오가는 곳 어디에나 있는 자동 검문 시스템이었다. 약 10미터 길이의 튜브를 지나는 동안, 지나는 사람의 정보가 자동으로 스캔되었다.

"동맹시를 벗어나면 자칫 매우 위험한 상황이 발생할 수 있으니 각별히 유의하시기 바랍니다. 제4 위성지구로 가시려면 100미터 직진 후, 오른쪽 승차장을 이용해 주십시오. 안전한 여행 되시길 바랍니다."

튜브를 벗어날 때 안내 방송이 흘러나왔다.

안내원의 말에 따라 한참을 걸어가자 제4 위성지구로 향하는 도시철도 승차장이 나왔다. 문득 동맹시와 위성지구가 철저하게 분리되어 있다는 느낌이 들었다.

15분쯤 기다리다 열차에 탔다.

열차 내부의 모습은 생경했다. 시끄럽고 번잡스러웠다. 왠지 퀴퀴한 냄새도 나는 것 같았다. 나는 한 번도 대중교통 수단을 이용해 동맹시를 벗어난 본 적이 없었다. 차로 갈 때는 동맹시 남문을 빠져나오면 곧바로 제3 거류지의 북쪽 입구로 나아갈 수 있었지만, 열차를 이용하면 제4 위성지구를 거쳐 가는 수밖에 없었다. 그 때문에 지금 보이는 풍경은 리아와 함께 오가며 보던 풍경과 사뭇 달랐다.

낯선 만큼 긴장됐다. 열차가 어느 정도 속도를 내기 시작했을 때, 나는 창밖으로 동맹시의 거대한 벽을 마주했다. 그것은 마치 고대 도시의 견고한 성벽을 연상시켰다. 규모로 치자면 수십 수백 배는 더 될 것이 분명했다.

그뿐만이 아니었다. 그 앞으로 흐르는 강물은 마치 성을 보호하기 위한 해자(垓子) 같았다. 해수면 상승 때 이 부근까지 바닷물이 들어오긴 했다. 하지만 물이 빠져나간 뒤에도 동맹시는 도리어 도시 둘레에 이 운하를 만들어 강을 유지했다. 명목은 동맹시 안팎을 오가는 물류 수송을 위해서라고 했지만, 아무리 보아도 동맹시와 위성지구를 철저히 분리하는 또 하나의 벽이란 생각이 들었다. 내

가 정류장에 내려서 걸어온 길이 바로 이 강 위에 놓여 있었다.

곧 열차가 터널을 지나갔다. 그 때문에 바깥 풍경이 사라지고 시커먼 벽이 확 달려드는 듯싶더니, 열차 내부가 어두운 유리창에 반사되었다. 흐릿한 불빛 때문인지 창에 비친 내 얼굴은 창백했다.

어느 때보다 낯선 내 모습에 결국 고개를 돌리고 말았다. 자신을 똑바로 쳐다보는 일이 두려웠다. 그래서 아주 오래도록 땅만 내려다보았다.

열차가 터널을 빠져나오기 직전 고개를 들었다. 그때 내 얼굴 뒤편으로 익숙한 모습 하나가 휙 지나갔다. 잿빛 후드 점퍼를 입은 늘씬한 여자.

'녹두?'

살짝 어깨를 굽힌 채 사람들 틈을 헤치고 나가는 잿빛 후드 점퍼의 뒤를 반사적으로 따랐다. 그러느라 팔에 문신을 잔뜩 새긴 남자와 아기를 업은 여자, 열댓 살쯤 되어 보이는 아이들의 무리와 부딪쳤다. 항의와 욕설이 한마디씩 쏟아졌지만 나는 무시하고 막 다음 칸으로 옮겨 가려는 잿빛 후드 점퍼의 어깨를 붙잡았다.

"앗! 저⋯⋯."

녹두가 아니었다. 머쓱해진 나는 우물쭈물했고, 붙잡힌 여자는 의아한 표정을 짓더니 나를 뿌리치고 갔다.

다시 창 앞에 섰다. 열차는 어느새 제4 위성지구를 지나 키 작은 건물들이 줄지어 있는 도심을 달리고 있었다. 나는 여전히 두리번거렸지만 녹두는 그 어디에도 보이지 않았다.

"⋯⋯역시 나는 녹두를 기다리고 있었어."

솔직히 궁금한 게 많았다. 시체처럼 누워서 들었던 알 수 없는, 그 수많은 말에 대해 묻고 싶었다. 녹두는 무엇이든 알고 있을 거란 생각이 들었다. 병원에서 나와 집으로 돌아갈 때, 방 안에 틀어박혀서도 계속 궁금했다. 그걸 알아서 뭐 할까 싶기도 했지만⋯⋯.

나는 고개를 내젓고 차분히 열차 바깥의 풍경을 바라보았다. 흐린 날이어서 그런지 눈에 들어오는 모든 것들이 을씨년스러워 보였다. 낮은 건물들, 오래된 공장 굴뚝, 빛바랜 간판, 지나는 사람들의 칙칙한 옷차림. 동맹시의 거리와 너무나 판이한 모습이었다.

멀리 뿌연 스모그 속에 롯 타워가 보이기 시작했다. 순간, 가슴속이 뜨거워졌다.

'이런 식으로 다시 제3 거류지에 오게 될 줄은 몰랐는데……'

그때부터 나는 시선을 고정하고 롯 타워가 점점 더 가까워지고 또렷해지는 것을 눈에 담았다. 열차가 제3 거류지에 멈출 때까지.

열차에서 내리면서 나는 사방을 두리번거렸다. 또 외눈박이 소녀 같은 아이를 만날지 모른다는 불안감이 들었다. 자꾸만 소녀의 얼굴이 떠올라, 키 작은 아이가 눈앞에 나타날 때마다 걸음을 멈췄다.

역 광장을 지나 롯 타워 쪽으로 향하자 사람이 눈에 띄게 많아졌다. 해가 더 아래로 떨어지자 롯 타워 곳곳에 불빛이 보이기 시작했다. 비로소 낯익은 거리의 모습이 나타났다. 리아와 함께 왔을 때 걸었던 거리였다.

그때처럼 거리는 복잡하고 너저분했다. 무엇인지 알 수 없는 빨간 종이봉투와 온갖 크고 작은 쓰레기들이 눈을 어지럽혔다. 시장통을 지날 때는 연이어 사람들과 어깨를 부딪쳤다.

한참 걷다 보니 어느 골목이었다. 바깥은 아직 해가 남아 있었지만 골목 안은 빛이 들지 않았다. 그 어둑한 골목 너머에는 사람들이, 아니 패티 티슈들이 벽을 따라 띄엄띄엄 주저앉아 있었다. 몇몇은 벽에 기대앉아 퀭한 눈으로 멍하니 하늘을 쳐다보았고, 또 몇은 쓰레기 더미 옆에 누워 있었다. 그들 주위에도 큰길가에서 봤던 빨간 종이 봉투가 수도 없이 버려져 있었다.

"안다미로……."

누군가 그런 말을 중얼거리며 지나갔다.

길의 안쪽에도 패티 티슈들이 우글거렸다. 나는 그들을 보느라 자꾸만 걸음이 엉켰다. 어두워서도 아니었고 돌부리를 피하느라 그런 것도 아니었다. 시선을 돌리려고 애썼지만 마음대로 되지 않았다. 그냥 앞만 보고 걸어야지, 생각해도 시선은 여전히 패티 티슈들에게 가 있었다. 그 때문에 한쪽 눈이 없거나, 누군가 베어간 듯 코가 없거나, 마치 커다란 풍선이라도 넣어 놓은 듯 배가 심하게 부풀어 있거나, 불에 탄 듯 유독 새까만 얼굴을 했거나, 초점을 잃은 채 연신 침을 흘리는 그들의 모습이 하나씩 눈에 들어왔다.

머릿속에서 누군가 소리치는 듯 끊임없이 환청이 들

렸다.

'이게 네 미래의 모습이야!'

버릇처럼 이를 악물고 '아니야!' 하고 속으로 외쳤다. 하지만 그 누군가의 목소리는 사라지지 않았다. 나는 눈을 감은 채 온몸을 떨었다.

그때, 골목 저편 어디선가 비명이 들렸다

"아악!"

웅성거리면서 움직이는 패티 티슈들 어깨 너머로 바쁘게 움직이는 은색 제복이 눈에 들어왔다. 무장 순찰대 요원이다. 직감한 나는 몸을 일으켰다.

"현재 자리에서 이탈하지 말라. 손을 머리에 올리고 생체 스캔에 협조하라. 이상 행동을 보이는 자는 즉시 체포한다."

패티 티슈들의 비명과 무장 순찰대 요원의 기계적인 목소리가 뒤섞여 들려왔다. 나는 반사적으로 골목 입구 쪽으로 두어 걸음 나섰다. 그들과 마주치지 않는 게 좋을 거란 생각이 들었다. 그러나 채 골목길을 빠져나가기도 전에 곧바로 날카로운 목소리가 들려왔다.

"거기, 멈춰!"

나는 그 자리에 우뚝 멈춰 섰다. 새빨간 점이 셔츠 가슴팍에 박혀 있었다. 무장 순찰대 요원의 전기충격봉에서 쏘아진 레이저 불빛이었다. 그걸 보는 순간, 더더욱 여기서 빠져나가야겠다는 생각이 들었다.

나는 재빨리 골목을 뛰쳐나갔다. 큰길을 가로질러 그 반대편 골목으로 뛰어들었지만 방금 빠져나온 골목과 흡사했다. 아무렇게나 쓰러져 있는 패티 티슈들을 이리저리 피해 앞으로 나아갔다. 왼편으로 나 있는 더 좁은 골목으로 뛰어들기 전에 뒤를 돌아보았다. 두 명의 무장 순찰대 요원이 따라오고 있었다.

한층 좁아진 골목길을 달렸다. 골목 안이 몹시 어두워서 앞으로 나아가기가 쉽지 않았다. 발길에 뭔가 채이고 벽면에 어깨를 부딪쳐 여러 번 넘어질 뻔했다. 저 앞쪽에 보이는 희미한 불빛을 향해 무작정 달렸다.

"멈춰라! 생체 스캔에 응하라."

바로 그 순간, 총성과 함께 한쪽 귓불이 뜨끔한가 싶더니 퍽, 하는 소리와 함께 벽 한 부분이 부서졌다. 뒷머리가 주뼛 곤두섰다.

안 되겠다는 생각이 들어 벽을 더듬었다. 바로 앞 오른편에 반쯤 열린 철문이 보였다. 생각할 겨를도 없이 그 문을 박차고 들어갔다. 나는 재빨리 문을 닫고 사방을 돌아보았다. 사람이 살지 않고 방치된 빈 건물 같았다. 어두웠지만 오른쪽 벽 끝에 위로 오르는 계단이 희미하게 보였다. 나는 그쪽으로 뛰었다.

계단을 오르자 긴 복도가 나타났다. 또다시 달렸다. 그러다가 이번에도 아무 문을 열고 들어갔다. 그런 다음 창으로 나가 난간을 통해 위층으로 기어 올라갔다. 아무도 없는 방구석에 처박혀 숨을 죽였다.

그러나 오래 버티지 못했다. 곧바로 요원들의 요란한 발걸음 소리가 들렸기 때문이었다.

"이쪽이야. 이쪽으로 신호가 강하게 잡히고 있어!"

"뛰어! 반드시 생포하란 지시가 내려왔어."

문을 박차고 나와 다시 달렸다. 계단을 올라 숨바꼭질하듯이 또 아무 문이나 열고 들어가 숨었지만 마찬가지였다. 요원들은 그곳마저도 찾아냈다. 숨이 차고 온몸이 후들거렸다. 그래도 쉬지 않고 뛰고 숨기를 반복했다. 벽 틈새에, 무너진 천장 위에, 부서진 베란다 난간 옆에, 버려진 쓰레기 더미 속에. 그래도 요원들은 금세 쫓아왔다.

"생쥐 같은 새끼!"

내가 벽을 등지고 섰을 때 요원들이 걸어오면서 말했다. 그들의 형체가 여느 때보다 두렵게 느껴졌다. 나는 자포자기했다. 그 자리에 가만히 서 있을 수밖에 없었다.

나는 비로소 깨달았다. 이곳에 사는 사람들은 늘 이렇게 쫓기며 산다는 것을. 그리고 이제는 나도 그들과 다를 게 없다는 것을.

위험한 탈출

"도대체 내게 왜 이러는 거예요? 나는 아무 짓도 하지 않았어요."

지푸라기라도 잡고 싶은 심정으로 소리쳤다. 하지만 무장 순찰대 요원들은 성큼성큼 걸어왔고 나는 더 이상 물러날 곳이 없었다.

요원들은 총 셋이었다. 모두 검붉은 색의 근력 강화 조끼를 입고 전기충격봉을 들고 있었다.

다른 둘보다 덩치가 큰 사람이 먼저 앞으로 나섰다. 주위는 어둑했지만 근력 강화 조끼 어깨에 쓰여 있는 숫자 564는 잘 보였다. 주저하지 않고 다가와 전기충격봉에 최대한 힘을 실어 나를 내리쳤다. 순식간에 벌어진 일이어서 벽을 등지고 있던 나는 피하지도 못하고 눈을 질끈 감았다.

"아악!"

그러나 비명은 내가 지른 게 아니었다. 564호 요원이 전기충격봉과 함께 바닥에 나뒹굴었다. 나는 재빨리 사방을 돌아보았다. 어둑어둑한 벽과 쓰레기 더미와 부서진 창의 실루엣밖에 보이지 않았다. 나머지 두 명의 요원들도 놀란 듯 사방을 두리번거렸다. 그 순간, 요원 하나가 또 쓰러졌다.

"크헉!"

"누, 누구냐?"

마지막 남은 요원 하나가 소리를 질렀다. 그는 어깨를 움츠리고 잔뜩 경계 자세를 취했다.

'혹시 녹두?'

나를 추적하고 도울 수 있는 사람이라면 녹두밖에 없을 거란 생각이 들었다. 그러나 보이지 않았다. 탄환이 어디에서 날아왔는지조차 알 수 없었다. 골목 입구를 제외하고는 사방이 벽이었다. 군데군데 허물어진 흔적이 역력한 창과 발코니가 희미하게 보였지만 특별한 움직임은 없었다. 나는 어떻게 해야 할지 몰라 몸을 낮춘 채 굳어 있었다.

그때였다. 다시 한번 퍽, 하는 소리와 함께 마지막 요원까지 쓰러졌다. 재빨리 주변을 살펴보자 3층 베란다에서 검은 물체가 조용히 나타났다. 그는 나를 향해 손짓했고, 나는 그가 누구인지 알 수 없었기 때문에 잠시 망설였다. 하지만 나는 곧 생각을 바꾸었다. 무장 순찰대 요원들보다 위험하지는 않을 것이다. 그는 나를 위기에서 구해 주었으니까.

나는 재빨리 건물 3층으로 달려 올라갔다. 반대편 복도 끝에 불빛이 보였다. 그 앞에서 검은 그림자가 어른거렸다. 검은 그림자는 따라오라는 듯 손을 들어 한 번 휘저었다. 얼른 달려가 문을 열고 보니 난간이었다. 어느새 검은 그림자는 골목 저편에 서서 이쪽을 올려다보고 있었다. 그리고 내가 자신의 모습을 확인한 걸 알아챈 듯 다시 걷기 시작했다. 나는 부지런히 계단을 타고 따라 내려갔다. 하지만 골목길로 내려왔을 때, 검은 그림자는 골목 끝쪽의 또 다른 건물 입구로 들어갔다.

'뭐지?'

나는 멈춰 섰다. 아까도 잠시 그랬지만 따라가는 게 옳은 일인지 판단이 서지 않아서였다. 그런데 그런 나의 마음을 알아차리기라도 한 듯, 검은 그림자 다시 나와 고갯짓했다.

그리고 그때 외침 소리가 들렸다.

"잡아. 이번엔 놓치면 안 돼!"

그 외침에 쫓겨서 나는 서둘러 뛰어 곧 캄캄하고 좁은 골목이 나타났다. 아무도 없는 골목 한가운데서 나는 숨을 들이쉬고 가만히 서 있었다. 다리가 후들거려서 주저앉고 싶었지만, 그 무엇도 할 수가 없었다. 기다리는 것 외에는.

얼마나 시간이 지났을까. 눈치챌 수 없을 만큼 작은 발걸음 소리가 들렸다. 반사적으로 그쪽으로 고개를 돌렸다. 하지만 그와 동시에 낯선 손길이 어깨를 눌렀다. 섬뜩했지만 억센 손아귀를 뿌리칠 수가 없었다. 곧 거친 손길이 빠르게 어깨를 타고 목덜미를 타 넘더니, 옆구리와 앞가슴 쪽을 훑었다. 그리고 팔을 붙잡고는 멈췄다.

"뭐야, 넌 제3 거류지 사람이 아닌 것 같은데? 동맹시에서 왔나, 왜?"

중저음의 남자 목소리였다. 질문인지 혼잣말인지 알수가 없는 남자의 말 때문에 나는 혼란스러웠다.

"다시 돌아갈 건가?"

의도를 이해할 수 없는 질문이었다. 내가 침묵하자 남자는 한숨을 쉬며 설명하듯 말해 주었다.

"네 바이오 워치를 제거할 건지를 묻는 거야. 그대로 두면 무장 순찰대에게 계속 추적당할 테니까."

"아니요! 돌아갈 수 없어요."

나도 모르게 큰 소리로 대답했다.

"하긴 돌아갈 수 있는 놈이라면 무장 순찰대에 쫓기지도 않았겠지."

그는 퉁명스럽게 말하더니 내 왼쪽 팔목을 끌어당겼다. 곧이어 차가운 금속이 팔에 닿았다. 얼핏 단단한 쇠로 만든 팔찌 같은 것이란 생각이 들었다. 그는 그것을 내 팔에 두르더니 힘을 주어 눌렀다. 그러자 둥그런 쇠뭉치에서 빨간 불빛이 여러 번 깜박였다. 나는 제풀에 놀라 몸을 움츠렸다.

"걱정하지 마. 해치려는 게 아니야. 바이오 워치의 기능을 제거하는 거야. 무장 순찰대의 감시를 피하려면 어쩔

수 없어."

나는 가만히 서 있었다. 팔목이 따끔거렸다. 무슨 전류가 흐르는 느낌도 들었다. 그렇게 몇 분이 지났을까, 그제야 검은 그림자는 내 손목에서 금속 팔찌를 떼어 냈다. 그리고 내 어깨를 한 번 툭 치고는 골목 안쪽으로 걸어갔다. 나는 뒤를 따랐고 남자는 낡은 철문을 열고 안으로 들어갔다.

잠시 후, 한쪽 벽에 노란색 조명이 켜졌다.

그의 모습이 정확하게 보였다. 긴 머리를 뒤로 묶은, 못해도 나보다 열 살쯤은 더 많을 듯했다. 얼핏 강파르게 보였지만 반짝이는 눈은 선해 보였다. 나를 향해 그가 미소 짓는 순간, 그의 얼굴이 낯설지가 않음을 직감했다.

"어……."

왼쪽 이마의 붉은 흉터를 본 순간, 나는 마침내 그가 누구인지 알아차렸다. 리아와 처음 제3 거류지에 왔을 때, 눈이 하나 없던 소녀를 안고 가던 바로 그 남자였다.

나는 숨을 깊이 들이쉬고 내쉬기를 서너 번 반복했다.

"당신은 누구죠? 왜 나를……. 혹시 녹두가 보냈나요?"

"이름을 묻는 거라면 가르쳐 주지. 이곳 사람들은 나를 네오 호크라고 불러. 하지만 지금은 내가 누구인지가 중요한 게 아니야. 어쩌다가 무장 순찰대에 쫓겨 다니는지 모르겠지만, 너는 이제 이곳에서 어찌 살 것인지를 걱정해야 할 거야."

나는 대꾸하지 않았다. 그 말의 의미를 제대로 알 수 없었기 때문이다. 다만 그의 이름을 몇 번 반복해서 속으로 되뇌었다.

'네오 호크.'

그런데 내 눈을 보던 그가 뜻밖의 말을 꺼냈다,

"넌 휴먼 AI인가?"

"그걸 어떻게……?"

그러자 네오 호크는 손목에 둘렀던 은빛 팔찌를 들어 보였다.

"이건 몸속에 이식된 디지털 수신 장치를 찾아내 제거하는 장치야. 네 팔목의 바이오 워치를 제거한 뒤에도 이게 반응하는 걸 보고 알았지. 그런데 왜 적극적으로 방어하거나 공격하지 않았지? 설마 엄마한테 혼나고 방황하는 사춘기 뭐 그런 건가? 크큭!"

"뭐라고요?"

"휴먼 AI는 본인의 의지가 가장 중요한 거 몰라? 자율 지향 모드가 제거됐나……. 네가 적극적으로 덤벼들어야 네 몸이 최고 상태가 되는 거야. 그렇지 않으면 그냥 패티 티슈에 불과해."

나는 그의 말에 화도 났고 궁금증도 일었다.

'그래서였나? 리아와 이곳에 와서 패티 티슈와 싸울 때와는 몸이 너무 달랐어.'

네오 호크는 씩 웃더니 책상 위에 있던 커다란 은색 테이프를 내게 던졌다.

"블록(block) 테이프야. 그걸 팔목이나 다리에 충분히 감아. 바이오 워치는 무력화시켰지만, 네 몸속에는 아직 CPU가 있잖아. 그걸 감아 놓으면 너를 추적하려는 신호를 부분적으로나마 교란시킬 수 있어."

"네?"

"아, 하지만 그렇게 하면 외부에서 데이터를 받을 때도 이전보다는 느릴 테니 그건 각오하고. 이젠 다른 패티 티슈와 다름없이 살아."

나는 은색 테이프를 받아들었다.

"그런데 왜 저를 구해 주신 거죠?"

"무장 순찰대에게 쫓기고 있었잖아. 난 그들이 싫어. 만약 네가 패티 티슈에게 쫓겼다면 구해 주지 않았을 거야. 어차피 이곳은 힘의 논리가 지배하는 곳이거든."

"힘의 논리라니요? 알아서 살아남으란 뜻인가요?"

"후후, 당장 쫓아내진 않을 테니 걱정하지 마."

그리고 그는 분주하게 이쪽저쪽을 오갔다. 내게 생각할 시간을 주려는 것인지도 모른다고, 나는 지레짐작했다.

그제야 나는 방을 둘러보았다. 창문 아래쪽에 낡은 침대, 그 옆 책상에 컴퓨터 모니터 두 대, 문 오른쪽 옆으로 4인용 소파 두 개……. 지저분하고 복잡했으며, 용도를 알 수 없었다.

나는 침을 꿀꺽 삼키고 네오 호크가 준 블록 테이프를 뜯어 팔에 감았다. 바깥쪽은 은빛이었지만 안쪽은 검은색 바탕에 아주 얇은 구리 선이 가로로 촘촘하게 이어져 있었다. 테이프를 네 겹쯤 감았을 때, 네오 호크가 말했다.

"며칠은 있어도 돼. 하지만 그 이후에는……. 그래, 어차피 너도 안다미로를 구하기 위해서 나가지 않을 수 없을 거야. 무슨 일이든 해."

나도 모르게 고개를 끄덕였다. 그리고 안다미로라는

단어를 되뇌었다.

노란색 조명이 깜박거렸다. 전기 사정이 좋지 않아서일까, 모든 게 낯설게 느껴졌다.

"잠을 좀 자 둬. 난 잠시 나갔다가 올 테니까."

그렇게 말하고 네오 호크는 벽 한쪽을 가리켰다. 그제야 허름한 간이침대가 눈에 들어왔다. 나는 가장자리에 걸터앉았다가 몸이 나른해져 자리에 누웠다.

시간이 얼마나 흘렀을까. 낮인지 밤인지 알 수 없었다. 잠이 들었다가 깨어나기를 수도 없이 반복했지만, 그때마다 방 안은 변함없이 어둑어둑했다. 나는 굳이 시간을 확인하지 않았다. 다만 생각했다.

'이제 난 무얼 해야 할까? 네오 호크의 말대로 당장 안다미로를 구하기 위해서 무슨 일이든 해야 하는 걸까. 길거리에 널브러져 있던 패티 티슈들처럼 구걸이라도 해야하나. 별수 없이 그래야겠지? 하지만 그 전에⋯⋯. 그래, 원체를 만나 물어봐야지. 나의 존재를 알고 있었느냐고. 하지만 혹시라도 모르고 있다면?'

어쨌든 그게 순서일 거란 생각이 들었다. 아무것도 모

른 채 길거리에 나앉아 다른 패티 티슈들처럼 안다미로나 구걸하고 싶지는 않았다. 그건 너무나 억울했다.

하지만 당장 움직일 순 없었다. 함부로 제3 거류지를 돌아다니다가 무장 순찰대와 마주친다면 이번에는 탈출할 수 없을지도 몰랐다.

더는 잠이 오지 않고 몹시 배가 고파질 무렵, 문이 열렸다. 나는 재빨리 침대에서 일어나 앉았다. 네오 호크가 방 안으로 들어와 피식 웃어 보였다.

"그렇게 겁을 내면서 도대체 어딜 가려고 그렇게 무작정 뛰쳐나왔지?"

네오 호크는 테이블 한쪽에 놓인 뭔가를 가리켰다. 샌드위치 몇 조각이 놓여 있었다. 허기 때문에 나는 얼른 그것을 집어 들고 그에게 말했다.

"……겁낸 적 없어요."

"잠에서 깨어나고 싶지 않았던 거 아니야?"

"……!"

정곡을 찔린 기분이라 나는 그저 묵묵히 샌드위치를 한 입 베어 물었다. 별다른 맛이 느껴지지 않았다. 거무튀튀하고 거친 빵에 든 야채는 시들했고, 패티는 뭘로 만들었는지 질겼지만 가릴 처지는 아니었다. 네오 호크는 그런 나를 구경하며 심드렁한 말투로 물었다.

"너 같은 능력자는 인간들 틈에서 적당히 살 수 있잖아. 뭔가 알아냈더라도 그냥 모른 체하면 될 텐데?"

"능력자라니요?"

"몰랐어? 제3 거류지에서는 휴먼 AI를 그렇게 불러."

"어떤 능력이 있든 무슨 소용이죠? 가만히 있다가는 죽는 줄도 모르게 죽어 갈 텐데요."

나는 그에게 따지듯 말하면서 울분을 쏟아 냈다. 내가 지금 어떤 기분인지도 모르고 함부로 말하는 그가 원망스러웠다. 하지만 네오 호크의 반응은 냉정했다.

"왜, 그게 어때서? 오랫동안 고통스러워하다가 죽는 것보다는 낫잖아. 여기 와서 못 봤어? 대부분의 패티 티슈들은 단 하루라도 더 살고 싶어서 아등바등해. 그 빨간 봉투 하나로 얼마나 생명을 연장할 수 있을 것 같아? 고작 한 달이야. 그렇게 얻은 한 달이 행복할 것 같아? 다시 또 한 달을 연장하기 위해서는 미친 듯이 온갖 일을 해야 하지. 동맹시 하수구에 들어가 오물을 치우고, 100층짜리 빌딩의 유리창을 밧줄에 매달려 청소해. 그런 일자리조차 얻지 못한 패티 티슈들은 게임의 몹으로 총알받이가 된다.”

그 말에 목이 타서 반쯤 남은 물을 벌컥 들이마셨다.

“아무것도 모른 채 죽는 것이 때로는 고통스럽게 사는 것보다 낫다는 식으로 들리네요.”

“이제야 좀 말이 통하려나? 그래서 이제 어쩔 셈이야? 네 선택은 존중한다만, 이곳에서는 선택지가 많지 않아.”

“아직은 모르겠어요. 하지만 뭔가를……. 그래요. 무슨 일이라도 할 거예요.”

나는 오기를 부려 대답했다. 그런데 네오 호크는 왠지 더욱 못 미덥다는 표정이었다.

“혹시 너 원체를 찾아가 보겠다든지 하는 생각을 하는 건 아니겠지? 하긴 이제야 네가 누군지 알게 되었으니 그런 생각을 할 수는 있겠지. 그건 올바른 선택이 아니야.”

“왜죠?”

나는 허를 찔린 기분으로 되물었다.

“어라, 그 표정은 뭐지? 정말로 그런 생각을 하고 있었단 말이야?”

“왜 안 되는지 물었어요.”

“혹시 원체가 너를 반갑게 맞아 줄지도 모른다는 생각

을 하는 거야? 하, 정말 대책 없는 녀석이군."

"무슨 말이에요?"

"생각해 봐. 넌 그냥 원체의 대체물일 뿐이야. 잠깐 연기하는 것뿐이라고. 반대로 네가 원체인데, 네 역할을 잠시 맡았던 클론이 널 찾아온다면 너는 어떤 기분이겠어? 죽이지 않으면 다행일 것 같은데?"

"이봐요!"

"왜, 아닐 것 같아? 네 존재 자체가 불법인 것 몰라? 네가 탈출해서 살아 있다는 사실 자체가 그들의 아킬레스건인데 그냥 놔둘 것 같아?"

갑자기 등골이 서늘해지면서 심장이 빨리 뛰었다. 차가운 침대에 발가벗겨진 채 눕는 장면이 상상됐다.

나는 고개를 저었다. 그리고 네오 호크를 똑바로 바라보면서 물었다.

"구해 준 건 고맙지만, 저에게는 잔인하게 들려요. 도대체 왜 그렇게 심한 말을……."

"그렇지 않으면 또 하나의 목숨을 잃을 지 모르니까."

내 말에 네오 호크는 단호하게 말했다.

"너를 위해서다, 이런 말을 하고 싶은 건가요?"

"후후, 나는 그렇게 낭만적인 사람은 아니야. 이런 곳에서 어떻게 그런 생각을 할 수 있겠어. 하루 살기도 버거운데. 다만 네 목숨이 소중하다는 걸 스스로 깨달았으면 좋겠다. 어떻게 태어났든 이제 네 삶은 네 몫이라고."

"그게 무슨……?"

그때 철제 문을 요란하게 두드리는 소리가 들렸다. 네오 호크가 벌떡 일어나 문 쪽으로 달려갔다.

"무슨 일이야?"

"네오 호크, 롯 타워로 가야겠어요. M이랍니다. 시간은 30분 후!"

"M이라고? 붉은 깃발은?"

"함께요. 어서 서둘러요."

두 사람은 알 수 없는 말을 주고받았다. 네오 호크는 내 어깨를 툭 치더니 문밖으로 사라졌다.

넋을 놓고 자리에 앉아 네오 호크가 했던 말을 하나도 빠짐없이 되씹고, 곱씹었다. 그의 말이 음절로 조각조각 나뉘어 부서질 때까지.

너는 내가 아니다

병원 앞에서 걸음을 멈추고 심호흡을 했다.

'정말 만나서 뭘 어쩌려는 거지? 네가 나의 원체냐고 물어볼 것도 아니고⋯⋯. 네 덕분에 내가 태어났어. 고마워. 이런 인사를 할 것도 아닌데⋯⋯.'

나는 응급센터 옆에 중앙출입구로 사람이 무수히 드나드는 것을 보면서도 선뜻 나서지 못했다. 한참을 초조하게 서성거리고 나서야 마음을 다잡고 출입구 안으로 들어갔다.

중앙 로비는 복잡하고 시끄러웠다. 한가운데 가로 세로로 놓여 있는 대기용 의자에는 빈자리가 보이지 않았고, 오른편 열 개가 넘는 접수창구마다 줄이 길게 늘어서 있었다. 왼편은 민원 창구와 종합안내소, 건강검진 센터로 혼잡했다.

동맹시의 병원과는 너무나 다른 모습이었다. 동맹시 메디컬 센터는, 차가 의료단지 안으로 들어서는 순간 입구에 설치된 스캐너가 출입자의 정보를 인식하여 자동으로 환자가 진료를 받을 곳까지 안내했다. 진료실에 도착하면 이미 환자의 호흡 및 맥박 수 등이 기록되어 있어서 빠르고 정확한 진료가 가능했다. 기다릴 필요도 줄을 설 이유도 없었다.

나는 마치 복잡한 백화점 로비 같은 낯선 병원의 모습을 한참 돌아보다가 용기를 내서 종합안내소 쪽으로 걸어갔다.

"환자를 면회하고 싶어요. 예약은 하지 않았지만⋯⋯."

"환자의 이름이 어떻게 되나요? 나이와 생년월일은요?"

"류세인, 2081년 10월 23일생입니다."

침을 꿀꺽 삼키고 대답했다. 그러자 안내소 직원은 자신의 앞에 놓인 키보드를 열심히 두드렸다. 생각보다 절차가 까다롭지 않아서 다행이다 싶었다.

"그런 환자 없는데요?"

"정말요?"

"등록되지 않은 이름이네요."

"아……."

뒷걸음질 치듯 두어 걸음 뒤로 물러났다.

갑자기 헛웃음이 나왔다. 엄마의 차 내비게이션에 저장된 병원 이름만으로 원체의 위치를 확신한 내가 한심하게 느껴졌다. 엄마가 다른 볼일로 왔을 수도 있는데.

엄마는 동맹시 평의회 위원이라 수많은 사교 모임은 물론이고 동맹시와 위성지구를 가리지 않고 봉사 활동을 다녔다. 폐쇄 구역 복구 작업 현장을 방문해 복구팀에게 위문품을 전달하기도 했다. 그러고 나면 꼭 방송에 나가 평의회 위원들의 봉사 정신을 강조했고, 평의회 위원이야말로 동맹시의 얼굴이니 모범이 되는 것은 당연하다고 했다. 동맹시의 미래와 번영이 평의회에 달려 있다는 말도 자주 했다.

'차라리 잘됐어.'

나의 등장에 원체는 또 얼마나 황당하겠는가? 쌍둥이

도 아닌데, 자신과 똑같은 사람 — 물론 나는 사람이 아니지만 — 이 눈앞에 나타난다면? 네오 호크의 말대로 원체가 나를 죽이겠다고 달려들지도 모를 일이었다.

생각이 갈피를 잡지 못하고 이리저리 튀었다. 몸도 따라서 어찌할 바를 모르고 주춤거리다가 한참 만에야 빈자리를 찾아 앉았다. 몹시 허탈해졌다. 당장 갈 곳이 없다는 사실 때문이었다. 초조해진 나머지 엉뚱한 생각마저 들었다.

'차라리 모른 척하고 다시 집으로 돌아갈까?'

그 생각에 흠칫 놀랐다. 나도 모르게 허리를 곧게 세웠다. 이제는 돌아가면 폐기 처분될 날짜만 세는 게 전부일 텐데. 그걸 모르지 않으면서 어째서 그런 생각을 한 것인지 알 수 없었다. 얼마나 더 시간이 지나야 나도 한낱 패티 티슈에 지나지 않는다는 사실을 인정하게 될까.

그때 열 살 정도 되어 보이는 남자아이 둘이 서로 밀치며 앞을 지나갔다. 그 어수선한 틈에 아이 하나가 내 발을 밟았고, 반사적으로 고개를 숙였다. 순간, 기다렸다는 듯 발 앞에 작은 쪽지가 하나 떨어졌다.

'뭐지……?'

처음엔 아이들이 휴지를 흘리고 간 것이려니 생각했다. 하지만 글씨가 쓰여 있었다.

얼른 고개를 들고 사방을 돌아보았다. 가죽 점퍼를 입은 남자, 호리호리한 여자, 어린아이들 둘, 등이 굽은 할머니, 환자복을 입은 여자 둘과 휠체어를 밀고 가는 젊은 남자……. 누구도 이쪽을 쳐다보는 사람은 없었다.

쪽지를 집어 들어 재빨리 펼쳤다.

— 7병동 B지구 야외 휴게 센터.

서둘러 쓴 듯 날아가는 글씨였다. 가슴이 두근거렸다.

'녹두일 거야!'

하지만 나는 곧바로 일어나지 않고 잠시 숨을 가다듬었다. 이런 식으로 접근해 왔다면 그만한 이유가 있을 것이다. 감시를 당하고 있다든가, 혹은 쫓긴다든가 따위의 일들. 해킹 등의 이유로 디지털 통신 수단조차 포기해야 할 만큼.

긴장감을 숨기고 주위를 살폈다. 천장과 벽에 붙은 안내판을 통해 7병동의 위치를 먼저 가늠하고 천천히 일어나 걸었다. 7병동 팻말이 붙은 유리문을 밀고 들어서며 자연스럽게 뒤를 살폈다. 아직 녹두와 비슷한 사람은 보이지 않았다.

복도를 지나자 작은 안내 데스크가 나타났다. 그 뒤쪽 벽에 'A지구'와 'B지구'라는 글자가 나란히 쓰여 있는 게 보였다. A지구는 왼쪽, B지구는 오른쪽으로 화살표가 그려져 있었다. 나는 B지구를 향해 걸었다.

곧 엘리베이터가 나타났다. 출입구 옆의 층별 안내판을 재빨리 확인했다. '7병동 B지구 야외 휴게 센터 7F'라는 글자가 눈에 들어왔다. 잠시 후 엘리베이터 문이 열렸고, 나는 재빨리 안으로 들어가 7층 버튼을 눌렀다.

엘리베이터는 4층과 6층에서 한 번씩 섰다. 4층에서는 간호사가 두 명이 탔고, 6층에서는 휠체어에 탄 남자가 홀로 바퀴를 밀면서 엘리베이터 안으로 들어왔다. 파란색 점퍼를 환자복 위에 걸치고, 모자를 푹 눌러쓴 남자는 바퀴의 힘 조절에 실패했는지 안으로 들어서며 맞은편 벽에 부딪혔다. 뭔가 어설퍼 보였는지 간호사가 휠체어를 붙잡고 방향을 돌릴 수 있도록 도와주었다. 그사이 엘리베이터는 7층에 멈췄다.

휴게 센터는 생각보다 넓은 야외 정원이었다. 곧은 길 너머에 또 다른 큰 건물이 있는 것으로 보아, 건물과 건물 사잇길에 만든 인공 정원인 듯했다.

색색의 꽃이 심어진 화단과 그 사이로 난 구불구불한 길이 보였다. 긴 의자들이 그 길을 따라 놓여 있었다. 어떤 환자는 혼자 걸었고, 어떤 환자는 가족들의 부축을 받으며 산책하기도 했다. 정원 한가운데는 네 개의 천사 조각상이 각각 네 방향을 바라보면서 서 있었고, 그 주위를 연못이 둥글게 감싸고 있었다.

나는 둥그런 연못 주변의 여러 벤치 중에서 빈자리를 찾아 앉았다. 녹두라고 추측할 만한 사람은 보이지 않았다. 자연스럽게 벤치에 몸을 기댔다.

잠시의 시간이 흐른 뒤, 휠체어가 한 대 다가왔다. 아까 엘리베이터에서 마주친 그 젊은 남자였다. 휠체어에 익숙하지 않은지 동작이 약간 어설퍼 보였다. 반대편에 있는 카페 쪽을 쳐다보고 있는데 그가 내 쪽으로 바싹 붙어 지나가며 말했다.

"따라와, 천천히."

잘못 들었나 싶었다. 반사적으로 몸을 일으켜 그의 뒷모습을 쳐다보았다. 휠체어는 앞으로 나아가기만 했다.

내게 한 말인지 잠깐 고민했지만 주위에는 아무도 없고,

귓전에는 여전히 남자의 목소리가 남긴 여운이 있었다.

'녹두……?'

고개를 갸웃거렸다. 그럴 수도 있겠다는 생각이 들었다. 엘리베이터 안에서 보았을 때는 틀림없이 남자로 보였지만, 녹두는 워낙 신출귀몰한 사람이었다. 엘리베이터 안에서도, 조금 전에도 얼굴을 분명히 확인한 것은 아니었다. 어쩌면 드러내지 말아야 할 이유가 있어서 저런 모습으로 나타났을 수도 있다.

나는 티 나지 않게 휠체어를 따라갔다.

정원의 꽃길을 지그재그로 지난 휠체어는 카페 안으로 들어갔다. 나는 최대한 자연스럽게 카운터에서 병에 든 음료 두 개를 사 그의 앞에 앉았다. 그는 유리창 너머로 정원을 내다보고 있었다.

"녹……."

나는 충격으로 말을 잇지 못했다. 모자를 살짝 들어 보여 준 그의 얼굴은 녹두를 부르려던 바로 나였다! 숨이 막혔다. 손을 떠는 바람에 그에게 건네려던 음료수를 떨어뜨렸다.

쩽그랑! 유리가 깨지는 소리가 크게 났고, 다른 테이블에 앉았던 사람들 몇몇이 이쪽을 쳐다보았다. 숨을 몰아쉬고, 아랫입술을 깨물며 뒤늦게나마 침착하려고 애썼다.

"침착해. 여기까지 왔으면 예상했을 거 아니야? 못 볼 거라도 본 것처럼 왜 이래?"

원체는 다시 모자를 내려 쓰고 말했다. 시선은 창밖을 향한 채였다.

"흠, 정말 내 모습이네. 똑같이 생겼어. 짐작은 했지만 이 정도일 줄은……. 가까이서 보니 정말 놀라워."

그 말을 들은 뒤에야 정신을 차릴 수 있었다.

"어떻게 나를 찾았지?"

"그냥 우연. 내가 입원한 병실은 정문 쪽으로 창이 나 있어서 자주 창밖을 내다보곤 해. 그런데 너는 30분이 넘도록 그 앞에서 서성댔지. 마치 자신을 봐 달라고 조르는 아이처럼 말이야. 거리가 꽤 있어서 혹시나 했지만……. 결국 로비에 내려와서 확인했지. 물론 지금 그게 중요한 건 아니고……. 말해 봐, 왜 나를 찾아왔지?"

생각보다 담담한 그의 태도에 놀랐다. 마치 내가 오기를 기다린 듯한 투였다. 창밖을 내다보는 옆모습에 여유가 느껴지기까지 했다.

"아무런 생각 없이 나를 찾아오지는 않았겠지. 이만한 위험을 무릅쓰고자 했을 때는 뭔가 목적이 있었을 거 아니야."

그냥 만나 보고 싶었어, 그 말이 잠깐 머릿속에 맴돌았으나 그런 답을 원하는 것 같지는 않았다. 그래서 되물었다.

"위험…… 하다고?"

"아빠가 호락호락한 사람으로 보여? 네가 이곳에 왔다는 걸 아빠도 곧 알게 될 거야. 그게 무슨 의미인지는 너도 잘 알고 있잖아?"

무슨 의미인지 충분히 알고도 남았다. 틀림없이 아빠는 지금 당장은 아니어도 내가 어디에 있는지 몇 시간 안에 파악할 수 있을 테니까.

"뭐가 궁금했는지 말해 봐. 멀리 도망치지 않고 나를 찾아온 이유를 말이야."

"이 상황에 대해 너도 나와 같은 생각을 하고 있는지……. 아니, 넌 원체니까 그럴 리는 없겠지만, 그래도 나의 존재에 대해서 알고 있었다면 무슨 생각을 하고 있는지……."

"뭐야. 혹시 미안하다는 말이라도 듣고 싶은 거야?"

마음먹고 꺼낸 말을 세인이 가로챘다. 모자 아래로 슬쩍 드러난 그의 표정은 큰 변화가 없었지만, 나는 그게 기분 나빠 오기를 부렸다.

"넌 원체잖아. 결국 나라는 존재는 너 때문에 비롯된 것이니까 이런 상황이 올 수도 있다는 걸⋯⋯."

"흠, 아까 너를 처음 보고 생각했어. 내가 너라면 어떤 기분일까. 사실 그래서 널 만나려 한 거야."

"무슨 생각으로? 하고 싶은 말이라도 있었어?"

"글쎄⋯⋯. 나온 지 얼마 되지 않았다면 얌전히 네 자리로 돌아가."

"이젠 돌아갈 수 없어. 내가 클론이라는 사실을 알았는데, 너라면 순순히 돌아갈 수 있겠어? 난 네가 아니야."

나는 담담하게 말하고 팔목을 걷어 보여 주었다.

"바이오 워치를 제거한 거야?"

세인은 내 팔목을 보며 물었고, 나는 고개를 끄덕였다.

"휴, 단단히 결심했나 봐. 그런데 도망쳐서 처음 한 일이 고작 나를 찾아오는 거였다고?"

"실망했어? 너라면 어떻게 했을 것 같아? 제3 거류지에서 안다미로나 구하고 있어야 할까? 물론 결국에는 그렇게 되겠지.”

그렇게 말하고 있는 자신이 한없이 절망스러웠다. 나는 잠깐 창밖을 바라보다 다시 세인에게 질문했다.

“그런데 왜 너는 여기 있어? 엄마와 아빠의 능력이라면 동맹시의 가장 유명한 메디컬 센터에 있어야 하지 않아?”

“내가 아프다면 그래야겠지. 그렇지만 아파서 내가 여기 있는 건 아니잖아. 그것쯤은 알고 있지?”

세인은 거리낌 없이 대답했다. 나는 고개를 끄덕였다. 내가 클론임을 안 순간, 요한슨 증후군을 앓고 있다는 건 조작된 기억임을 깨달았다.

“그리고 동맹시 메디컬 센터에서는 아는 사람을 마주칠지도 모르고…… 무엇보다 새엄마가 나를 싫어하셔. 친딸인 세나는 좋아하지만.”

‘맞아. 우리는 친남매가 아니었지.’

이미 확인한 사실이긴 하지만, 새삼스럽게 허탈해졌다.

“그런 모든 게 불편해. 나도 내 엄마처럼 그림을 그리고 싶어. 동맹시에 갇혀서 지내고 싶지 않아. 그곳에 있는 모든 것이 거짓이야.”

세인은 말하고 나서 고개를 흔들었다. 뭔가에 많이 지

쳐 보이는 눈이었다. 여태까지의 답답한 생활을 떠올리며
그에게 공감하던 때, 머릿속에서 뭔가 스쳐 갔다.

"잠깐, 그림이라고?"

"응. 엄마는 화가야. 그림을 그리시지."

"혹시 빨간 장미를 손에 쥔 그림……?"

"그런 것도 알고 있어? 엄마가 장미를 좋아하셔. 자화
상을 많이 그리셨는데, 대부분 빨간 장미를 쥐고 있는 그
림이야."

나도 모르게 가슴을 쓸어내렸다. 이제야 알 것 같았다.
이따금 오류가 발생할 때마다 환각처럼 떠오른 여자의 정
체를.

'그래. 나는 오류 때문에 자꾸만 친엄마를 떠올리고 있
었던 거야.'

하나씩 엉킨 매듭이 풀리고 있다는 느낌이 들었다. 세
인은 아쉽다는 듯 한마디 더 했다.

"어쨌든 아빠는 동맹시에서 성공했고, 그걸 내게 물려
주고자 하시지. 내 의사와는 상관없이……. 물론 아빠만 그
런 건 아니긴 해. 동맹시 특권층들이 모두 그런 생각이니
까."

"너는?"

마치 남의 일인 듯 말하는 세인에게 물었다. 세인은 누군가를 비웃듯 한쪽 입꼬리를 올렸다. 그리고 말했다.

"푸홋! 방금 전에 말했잖아. 엄마처럼 그림을 그리고 싶다고. 난 아빠처럼 되기도 싫고, 기계처럼 학습하는 것도 마음에 들지 않아."

그 말을 들으며 또 한 가지 사실을 깨달았다. 내가 그림을 좋아했던 이유를. 그래서 나도 모르게 말했다.

"내 기억 속에도 있어. 공부보다 그림 그리는 걸 더 좋아했던 게……. 아, 그래서 내가 만들어진 것이구나. 아빠는 그림을 좋아하는 게 싫었을 테니까."

줄곧 창밖을 보던 세인이 나를 향해 고개를 돌렸다. 그의 얼굴이 정면으로 보였다.

"그래서 내가 여기에 갇혀 있지."

그 말과 동시에 세인이 급하게 소리쳤다.

"달아나야 해."

세인이 점퍼 주머니에서 뭔가를 꺼내더니 나에게 내밀었다.

"어서 써!"

193

검은색 마스크였다. 일단 시키는 대로 쓰고 창밖을 쳐다보았다. 검은 양복을 입은 사람 두 명이 정원을 가로질러 뛰어오고 있었다. 어제 그랬던 것처럼, 그들은 나를 붙잡기 위해서 달려오는 것 같았다. 바이오 워치는 제거했지만 내 몸속에는 추적이 쉬운 유동형 CPU와 센서가 수도 없이 있으니까.

나는 침착하게 어느 쪽으로 달아날지 두리번거렸다.

그때, 세인이 등진 쪽 문에서 똑같이 검은색 양복을 입은 남자 하나가 뛰어 들어왔다. 세인은 벌떡 일어나더니 그쪽으로 휠체어를 밀어 버렸다. 남자는 휠체어에 걸려 비틀거리나 싶더니, 양 옆의 테이블 두 개를 끌어안고 넘어졌다. 의자도 서너 개가 한꺼번에 쓰러지며 야단스러운 소리가 났다.

"아악!"

카페 안에 있던 손님들이 비명을 질렀다. 세인은 다짜고짜 카페 안쪽 주방으로 들어갔다. 직원들이 기겁했지만 세인은 아랑곳하지 않고 안으로 더 들어가, 주방 뒷문을 열고 뛰어나갔다. 나는 세인을 바짝 뒤쫓았다.

비상계단이 나타났고, 세인은 앞서서 내려갔다. 딱 두

층을 비상계단으로 내려오고 나서 세인은 마주 보이는 철문을 열어젖혔다. 이번에는 긴 복도가 나타났다. 익숙한 것처럼 세인이 앞서 뛰었고, 그 뒤를 놓치지 않고 따랐다.

복도 끝에서 세인은 이번에는 왼쪽으로 꺾었다. 그러자마자 또 계단이 나왔고, 그 계단을 통해 한 층을 내려가 복도를 달렸다. 복도 양옆의 문 몇 개를 지나친 다음, 세탁실이라는 안내판이 쓰인 방문을 열고 들어갔다.

"누구세요? 환자분은 여기 들어오시면 안 돼요."

환자복과 침대 시트를 정리하고 있던 직원 두 사람이 소리쳤다. 세인은 아랑곳하지 않고 그들 사이를 뚫고 지나갔다. 앞에는 세탁물이 들어가는 커다란 구멍이 있었다.

세인은 다짜고짜 말했다.

"저 안으로 뛰어!"

이 상황이 이해되지는 않았지만 일단 시키는 대로 뛰었다. 몸이 쭉 미끄러지다가 몇 초 후에 푹신한 바닥에 떨어졌다.

마지막 동행

세탁물 처리실에서 빠져나온 다음 세인은 지하 복도를 누비다가 또 어느 방문을 열고 들어갔다. 거기서 허름한 철제 옷장을 열더니 나에게 셔츠를 하나 던져 주었다. 나는 세인이 하는 대로 얼른 옷을 갈아입었다. 그리고 세인과 앞서거니 뒤서거니 하며 밖으로 나와 1층으로 나가는 계단을 올랐다. 이어 세인을 따라 외진 건물 벽을 한참 따라가다가 허물어진 담장을 타고 넘었다. 그러자 병원 바깥이었다.

뛰고 걷기를 반복하면서 우리는 건물 사잇길을 통해 요리조리 빠져나왔다. 저 멀리 도시철도역 건물이 보일 즈음에야 숨을 돌렸다. 흰색 건물 꼭대기에 '제2 위성지구 신도심역'이라는 글자가 보였다. 조금 앞서 뛰어가던 세인도 어느새 내 옆에 와서 섰다.

"이제 어느 정도 따돌렸겠지?"

"저들은 누구야?"

마스크를 벗고 숨을 몰아쉬는 세인에게 물었다.

"내가 병원에 입원한 날부터 감시하던 사람들이야. 아빠가 보냈겠지. 철저한 사람이니까."

"하긴 네 입원 기록도 없었어. 근데 너는 왜 달아나는 거지?"

"탈출할 때를 기다리고 있었을 뿐이야. 네가 여기까지 왔다는 건 뭔가 잘못되었다는 뜻이니까 지금이 바로 그때인 거고."

"늘 준비하고 있었다는 뜻이야?"

내 질문에 세인은 고개를 끄덕였다. 그제야 알 것 같았다. 7층에서부터 한 번도 멈추지 않고 여기까지 달려올 수 있었던 이유를. 도망가는 길을 빈틈없이 짜 두지 않았으면 불가능했을 것이다.

"근데 왜? 적어도 너는 아빠가 폐기…… 아니, 해치거나 다치게 하지는 않을 거잖아.”

“과연 그럴까? 네가 이렇게 사라지고 나면 내가 무사히 집으로 돌아갈 수 있을까?”

말하는 그의 얼굴이 경직되는 게 보였다.

“설마 또 클론을……?”

“아빠는 그러고도 남아.”

“그럼 이제 어떻게 할 건데?”

정말로 궁금해서 물었는데 세인은 피식 웃었다.

“그건 내가 너에게 질문해야 하지 않을까?”

그러고 보니 그랬다. 내가 세인을 걱정할 처지는 아니었다. 나야말로 어디를 가야 할지도, 무엇을 해야 할지도 알 수 없었으니까.

“네가 말해 봐. 이제 어떻게 할 거지?”

“만날 사람이 있어. 제3 거류지로 일단 되돌아가야겠어.”

녹두를 염두에 둔 말이었다. 물론 녹두를 만나서 뭘 어떻게 할지는 아직 계획이 없었지만 말이다.

“그런데 너 아직 대답 안 했어. 왜 나를 찾아왔는지.”

“물어보고 싶은 게 있었어.”

"뭔데?"

나는 머뭇거렸다. 네오 호크의 아지트에서 몇 번이고 고민하며 준비해 둔 질문이 있긴 했다.

"왜 아빠의 뜻을 따르지 않았지? 동맹시에서 누릴 수 있는 모든 것보다 더 가치 있는 게 있었던 거야? 지금 달아나려는 것도 그렇고."

"그것뿐이야?"

"네가 나를 어떻게 생각할지도 궁금했어."

"왜? 내가 너를 해치기라도 할 줄 알았어?"

내 말에 세인은 웃었다. 나는 멋쩍어서 더 말을 보태지 못했다.

"솔직히 말하면, 사실 나는 너를 어떻게 대해야 할지 모르겠어. 형제나 친구? 한편으론 미안하기도 하고."

"아까는 그런 말이라곤 하지 않을 것 같더니…… 뭐가 미안해?"

"네 말대로 넌 나 때문에 태어났으니까. 나한테도 책임이 있는 거잖아."

"……!"

"그리고 더 가치 있는 것이 있느냐고 물었지? 그건 이미 대답한 것 같은데?"

"엄마?"

내 물음에 세인은 씩 웃을 뿐이었다.

"제3 거류지로 간다고 했지? 그럼 제1 위성지구 시청역까지 함께 가면 되겠네. 거기서 헤어지자."

세인이 앞서 나갔고, 나는 일단 그의 뒤를 따랐다.

골목을 이리저리 지나자 조금 넓을 길이 나타났다. 차도 꽤 지나다니는 넓은 도로라 역 건물이 한눈에 들어왔다. 나는 세인을 바라보며 다시 물었다.

"넌 어디로 가려고?"

"제1 위성지구 시청역에서 비관리 구역으로 가는 버스가 있어. 아, 우리 엄마가 그곳에 살아."

"비관리 구역?"

비관리 구역은 위성지구 너머에 있었다. 그곳은 해수면 상승이 일어나면서 해안가 내륙 지역 상당수가 침수되었고, 골짜기는 강으로 변했다. 그 강은 산을 에워싸 섬으로 만들었다. 그곳에 사는 사람들을 표류자라 불렀다. 동맹시에서는 그런 섬들을 위험 지역으로 지정하고 위성지구로 이동할 것을 권고했지만, 그들은 섬에 남았다.

그들을 표류자라 부르는 건, 이 섬과 저 섬을 옮겨 다니며 표류하듯 살았기 때문이었다. 그들은 동맹시에 대한 욕망도 없었고 위성지구에도 잘 나타나지 않았다. 옛날이야기로 전해지는 집시처럼, 그다지 크지 않은 집단을 이루고 이리저리 방황했다. 이따금 그들 중에는 자급자족하면서 정착 생활을 하는 사람들도 있다는 소문도 들었다.

어찌 보면 제3 거류지와 흡사했지만 독립적으로 살아가려 한다는 점에서 전혀 달랐다. 표류자들은 제3 거류지 주민들처럼 동맹시에 의지하지 않았고, 동맹시 역시 그들에게 영향력을 행사하려 들지 않았다.

'그런데 엄마가 왜 비관리 구역에 있지?'

궁금했지만 나는 조용히 세인의 뒤를 따랐다. 세인은 역 건물 안으로 들어가 승차장 쪽으로 걸어갈 때까지 별말을 하지 않았다.

승차장에 도착하고 나서야 세인이 입을 열었다.

"내가 새엄마를 따라 동맹시로 간 뒤부터 엄마는 모든 걸 포기하신 것 같았어. 본 것도, 들은 것도 기억하지 못한 채 오로지 그림만 그리셨지."

"대체 무슨 일이 있었던 거야?"

"글쎄, 아버지에 대한 배신감 때문이었을까? 아빠가 갑자기 나만 데리고 동맹시로 떠나 버렸으니까 충격이 크셨겠지. 그 뒤로 내가 가끔 찾아가도, 말없이 미소만 지으셨어. 가끔 내가 잠들었을 때 머리칼을 쓸어 주시던 기억은 나. ……그 외엔 오로지 그림만 그리셨어. 세상의 모든 것과 담을 쌓은 듯, 삶에 대한 의욕을 잃어버린 것처럼."

그래서 더더욱 옆에 있어야겠다고 생각한 거냐고 물을 뻔했지만, 구태여 묻지 않아도 알 것 같았다. 그런 나의 속마음을 알아차리기라도 한 듯 세인이 말했다.

"오랫동안 생각했어. 아빠는 원하는 건 모두 얻었고 많은 걸 손에 쥐고 있어. 하지만 엄마에게는 아무것도 없잖아. 아빠보다는 엄마에게 내가 더 필요할 것 같아서……."

세인은 뒷말을 맺지 못한 채 입을 닫았다. 나는 궁금한 게 많았지만 더 묻지는 않았다. 몇 마디 말에서도 그가 가진 고민의 깊이가 충분히 느껴져서 나까지 가슴이 울컥거리는 느낌이었다.

그때쯤 열차가 승강장으로 들어왔다.

나와 세인은 출입문 쪽 창에 바짝 기대어 섰다. 밤이 되면서 음침하고 어두웠던 도시의 모습은 가려지고 건물마다 불빛들이 밝혀졌다. 나는 멍하니 창밖으로 시선을 둔 채 머릿속으로 온갖 생각들을 떠올렸다.

녹두를 찾아가는 것이 맞는 선택일지, 차라리 지금 세인을 따라가는 것이 낫지 않을지 고민되었다. 그러다가 이내 세인에게 내가 부담일 수도 있겠다는 생각이 들었다.

역을 열댓 개쯤 지났을 때, 문득 세인이 말했다.

"저걸 쳐다보고 있으면 실감이 나. 동맹시가 얼마나 높은 벽을 쌓고 있는지, 얼마나 많은 것들을 독차지하고 있는지 말이야."

나도 그의 시선이 향한 쪽을 함께 바라봤다. 벽은 낮에 보던 것과는 또 달랐다. 벽 꼭대기에서 내리비추는 감시 조명은 사방으로 회전했다. 어쩌다가 조명 하나가 이쪽을 비출 때는 살짝 눈이 부시기도 했다.

밤에 마주한 벽은 더 높고, 더 거대하고, 더 단단해 보였다. 보고 있는 것만으로도 주눅이 들었다. 신성불가침의 영역이라는 느낌마저 스쳤다. 저 안에 들어갈 수 있을까, 생각하는 것조차 불경한 느낌.

저렇게 높이 벽을 쌓은 건 바로 그렇게 느끼도록 하기 위함일지도 몰랐다. '벽 밖에 사는 너희들은 얼마나 미미

한 존재인가'를 웅변하기 위해. 어쩌면 그래서 동맹시는 해수면 상승이 멈춘 뒤에도 물이 넘칠 리 없는 북동 지역까지 벽을 쌓았을 것이다.

저 높은 벽을 누군가가 타 넘을 리 없는데도 감시 조명은 아주 촘촘한 간격으로 빛을 내쏘고 있었다. 그리고 이따금 레이저 불빛으로 벽에 글씨가 만들어졌다.

동맹시는 여러분을 환영합니다.

"저들의 이익을 위해서, 이곳 사람들은 끊임없이 희생을 강요당했어. 그게 우리가 마주한 현실이야."

그게 동맹시의 특혜 구역에 사는 세인이 할 소린지, 그리고 '우리'라니? 그 말이 나를 두고 하는 말이 맞는지 의문을 갖지 않을 수 없었다. 세인은 내 생각을 아는지 모르는지 창밖으로 시선을 던진 채 더는 입을 열지 않았다.

세인이 이해되지 않았다. 얼결에 함께 도망쳤고 여기까지 왔지만, 대체 그의 진심은 무엇일까. 정말로 비관리 구역으로 가려는 걸까. 오직 엄마를 위해 자기가 누릴 수 있는 모든 특권을 포기하려는 걸까.

"안 내릴 거야?"

다른 생각을 하느라 열차가 제1 위성지구 시청역에 도착한 걸 알아차리지 못했다. 나를 부르는 세인을 따라 객차 밖으로 나왔고, 꽤 많은 승객 틈에 섞여 걸었다.

"나한테 할 말 있어?"

환승역, 이라는 팻말을 보고 막 계단을 오르던 참이었다. 세인이 내 쪽을 쳐다보면서 물었다. 나는 세인과 마주하고 입을 열었다.

"아빠가 당연히 나를 추적하겠지만, 너도 그냥 내버려

둘 것 같지가 않아. 더구나 네가 그랬잖아. 내가 아니라도 또 다른 클론을 만들 수 있다고. 그럼 너는 다시 병원으로 돌아갈 텐데…….”

“지금 나한테 집으로 가라는 말을 하고 싶은 거야? 난 동맹시로 갈 수 없어. 동맹시는 내게서 가장 소중한 것들을 빼앗아 갔거든. 그리고 돌아가면 두 번 다시 엄마를 볼 수 없을지도 몰라.”

그렇게 말하는 세인의 표정은 담담했다. 우리는 한참 동안 말없이 걸었다. 한 층을 더 오르자 긴 환승 통로가 나타났다. 그즈음에는 오가는 사람이 절반으로 줄었다.

동맹시 방향 환승 통로를 가리키는 안내판이 나왔을 때 나는 일단 멈추고 세인에게 알렸다.

“난 이곳에서 내려가면 돼.”

내 말에 세인은 환승 통로 저편 안쪽을 바라보았다. 거기에 22번 출구라는 팻말이 보였고, 그 아래 시청, 거주지 등록청, 비관리 구역과 같은 지명이 쓰여 있었다.

왠지 세인은 선뜻 걸음을 떼지 않았다. 내게로 한 걸음 더 다가오더니, 눌러썼던 모자를 벗었다. 그의 얼굴이 온전히 드러났다. 밝은 불빛은 아니었지만 이목구비를 똑똑히 확인할 수 있었다. 내가 아침에 거울 속에서 보았던 그 얼굴이었다. 다만 피부가 좀 더 희고 갸름해 보였다. 그래도 역시 나와 같은 모습이라서 위화감이 들었다. 그 때문에 나는 그가 다가온 만큼 뒤로 물러났다.

"지금 네 기분……. 나도 거의 비슷해."

"……?"

"병원 로비에서 너를 보는 순간, 다리가 후들거리고 구역질이 나서 견딜 수가 없었어. 너 때문이 아니라 이 상황 때문에 말이야. 사실 이런 날이 올 것이라고 충분히 예상했는데도 어쩔 수 없었어."

세인의 목소리가 떨리고 있었다. 나도 떨었다. 도무지 그를 마주 바라볼 수가 없어 고개를 돌려 동맹시 방향 환승 통로로 내려가는 계단을 보았다.

세인은 잠시 멈췄다가 말을 이었다.

"널 어떻게 해야 할까? 멀리서 너를 바라보면서 한참을 생각했어. 어차피 난 공식적으로는 병원에 등록되어 있지 않으니 네 앞에 나타나지만 않으면 넌 그냥 돌아갈 테고, 그러면 아빠가 알아서 처리하겠지, 그런 생각을 했어."

"……?"

"왜 그렇게 하지 않았냐고? 네가 태어난 건 결국 내 탓이니까……."

혼자 묻고 대답하더니, 세인은 길게 숨을 내쉰 다음 천천히 말을 이었다.

"정작 네가 무슨 마음으로 여기까지 왔는지 모르지만……. 아니, 이유야 어쨌든 사실상 대단한 각오를 했을 거라고 생각했어. 그래서 한번은 만나야겠다고 생각했고. 다만…… 아무것도 도와줄 수 없어서 미안해."

이제야 그가 미안하다고 한 말의 의미를 이해할 수 있었다. 나는 말없이 고개만 두어 번 끄덕였다. 그러자 세인이 말했다.

"우리는 달라. 그렇지? 우리가 일부의 기억을 공유한다고 해서 똑같을 수는 없어. 넌 절대로 나를 대신할 수 없어."

"나는 결국 클론에 불과……."

"아니, 그런 뜻이 아니야. 어떤 목적에 의해서 네가 태어났든, 쌍둥이든 클론이든 어느 한쪽이 다른 한쪽을 대신해 일방적으로 희생당하는 일이 있어서는 안 된다는 뜻이야. 실제로 우리는 다른 삶을 살았잖아. 너는 동맹시에서, 그리고 나는 병실에서."

"진짜 하고 싶은 말이 뭐지?"

"솔직히 나도 두렵고 무서워. 너를 어떻게 해야 할까? 너와 함께 달아나 여기까지 오면서도 내내 생각했어. 이제 너를 어떻게 하지? 아니, 나는?"

세인이 자신의 가슴을 한 손으로 짚으며 말했다. 나를 똑바로 바라보았다. 그가 나를 충분히 배려하고 있다는 느낌이 들었다. 진심을 가늠할 수 있었다.

"네가 나를 해칠지도 모른다는 생각도 했어. 나를 죽이고 네가 내 자리에……. 하하, 진지하게 하는 말은 아니야. 이런 상황에서는 별생각을 다 하게 되잖아. 안 그래?"

겸연쩍었는지 세인이 웃으며 농담처럼 말했다. 하지만 나는 등골이 서늘했다. 나와 똑같은 생각을 했다니!

"내가 원체인 것은 맞지만, 그렇다고 너를 어떻게 할 수는 없잖아. 우리 아빠라면 몰라도……. 아무튼 이제 가. 만나야 할 사람이 있다며?"

세인이 플랫폼으로 내려가는 계단을 가리키며 말했다. 잠시 그를 마주 보았다. 아니, 그러려고 했지만, 그의 등 너머가 먼저 보였다. 천천히 이편으로 다가오고 있는 검은 양복의 남자. 거의 동시에 세인의 놀란 얼굴이 시야에 들어왔다. 반사적으로 뒤를 돌아보자 그쪽에서도 검은 양복의 남자가 다가오고 있었다. 둘 다 우리를 노리는 게 분명해 보였다.

"뛰어!"

세인이 재빨리 내 손을 잡아 이끌었다. 검은 양복 둘은 더욱 바싹 뒤를 쫓아오고 있었으므로. 나는 일단 빠르게 계단을 뛰어 내려갔다.

하지만 계단을 다 내려가자 검은 양복 하나가 손을 뻗어 와 약간 뒤처진 세인의 뒷덜미를 낚아챘다. 순간, 나는 세인이 위험하다고 판단했다. 손을 뻗어 남자의 팔을 꺾고 옆으로 거칠게 밀어냈다. 검은 양복은 승강장 바닥을 굴러 행선지 표지판 기둥에 부딪히고 쓰러졌다.

그게 끝이 아니었다. 연이어 또 다른 검은 양복이 내 어깨를 붙잡았다. 그런데 왠지 조금 전처럼 빠르게 반응할 수가 없었다. 놈의 손을 털어 내긴 했지만 뒤이어 날아온 놈의 왼손 펀치에 얼굴을 맞고 말았다. 이번에는 내가 뒤로 넘어졌다.

넘어지면서도 뭔가 이상하다는 생각이 들었다. 몸이

제대로 움직이지 않는 느낌이 들었다. 바닥에 부딪힌 머리와 어깨에 통증이 심해서 겨우 일어났다. 그리고 어느새 세인을 잡아채 꿇어 앉힌 검은 양복을 향해 달려갔다.

그때 놈이 허리춤에서 뭔가를 꺼냈다. 얼마 전 시청 앞에서 무장 순찰대 요원들이 패티 티슈들을 향해 휘두르던 전기충격봉이었다. 순간 긴장해 발걸음이 꼬여 주춤거렸다. 다시 한번 '이게 아닌데?' 하는 생각이 스쳤다.

그사이 놈이 전기충격봉을 휘두르며 이쪽으로 다가왔다. 이번에는 달랐다. 놈의 막대가 나의 머리를 향해 날아오는 순간, 그것을 피하며 발을 뻗었다. 동시에 놈이 허리를 숙이며 고꾸라졌고 막대는 선로 쪽으로 데구르르 굴렀다.

"위험해!"

세인의 외침과 함께 머리에 극심한 통증이 느껴졌다. 넘어지면서 돌아보니, 내가 팔을 꺾어 밀어뜨린 검은 양복이었다. 놈도 전기충격봉을 들고 있었다. 거기서 그치지 않고 놈은 무릎을 꿇고 넘어진 내게 달려와 머리와 어깨를 내리치고 옆구리를 걷어찼다. 일어나려 했지만 몸이 말을 듣지 않았다. 조금 전과 마찬가지로 이번에도 내 몸이 제대로 반응하지 못하는 것 같았다. 놈의 발길질을 피하며 일어나 돌려차기를 하려 했는데, 생각뿐이었다.

'뭐가 문제지?'

그러는 사이 놈에게 두어 번 더 발길질을 당했다.

"블록 테이프를 풀어! 그것 때문에 딥 러닝이 제대로 일어나지 않고 있어. 네가 외부 정보를 끌어오지 못하고 있다고!"

세인의 말에 나는 재빨리 손목에 여러 겹으로 감겨 있던 블록 테이프를 풀어냈다. 그러자 검은 양복 하나가 내 가슴팍을 내리찍었다. 하지만 내 몸은 빠르게 반응했다. 놈의 발목을 잡아 비틀어 넘겼고, 나는 일어나 중심을 잡았다. 이번에는 내가 놈의 허리를 걷어찼다. 전기충격봉을 든 다른 놈이 다시 덮쳐 왔지만, 몸을 뒤로 젖혀 피하며 동시에 옆으로 돌았다. 놈은 내 앞에 바로 서 있는 꼴이 되었고, 그걸 확인한 나는 놈의 사타구니를 걷어찼다. 놈은 괴성을 지르며 나가떨어졌다.

"안 돼! 이러고 있을 때가 아니야. 이리 와!"

검은 양복을 한 번 더 걷어차려는데 세인이 나를 끌어당겼다. 세인은 막 승강장을 지나가는 열차를 향해 뛰었다. 하지만 나는 제대로 걸을 수가 없었다. 맞은 어깨와 옆

구리에 심한 통증이 느껴졌다.

"정신 차려! 여기서 쓰러지면 안 돼."

나를 질질 끌고 가면서 세인이 소리쳤다. 나는 안간힘을 썼다. 여기서 정신을 잃으면 끝장이라는 생각이 들었다. 차가운 병원 침대에서 쇳덩어리 심장이 꺼내질 것이다. 뒤를 돌아보니, 검은 양복 두 놈이 서서히 일어나고 있었다.

세인은 막 도착한 열차 안으로 나를 끌어당겼다. 사람들이 힐끔거렸지만 신경 쓰지 않았다. 그럴 여유가 없었다. 머리가 다쳐서인지 눈앞이 점점 희미해졌다.

"정신 좀 차려!"

세인이 내 몸을 흔들었다. 그 너머로 몇몇 사람들이 나를 내려다보고 있는 모습이 보였다. 나는 의식이 꺼져 가는 것을 느끼며 중얼거렸다.

"녹두…… 녹두에게 데려다……."

"녹두가 누군데? 정신 좀 차려!"

나는 정신을 잃으며 계속 되뇌었다.

"리아가 알 거야. 리……."

숲 속의 도망자

　수술대에 놓인 남자의 몸은 장기를 모두 드러내고 있
었다. 간과 창자, 위와 심장과 허파가 차례로 몸에서 분리
되고, 간호사는 그것을 하나씩 비닐 지퍼백에 담았다. 그
리고 그 위에 차례로 글씨를 썼다. 간을 담은 봉지에는 '동
맹시 북구 김채리', 위를 담은 봉지에는 '동맹시 서안3구
조유진', 심장이 담긴 봉지에는 '동맹시 내륙 2구 조종렬'
과 같은 이름이 쓰였다. 그것 말고도 눈알은 물론 뼈까지
전부 몸에서 떼어졌다. 결국, 몸은 껍데기밖에 남지 않았
다. 주치의는 곧 "다 됐어. 이건 이제 버려!"라고 말했다.
그러자 간호사는 능숙한 솜씨로 수술대 위의 껍데기를 커

다란 쓰레기통에 쓸어 담았다. 그때 나는 보았다. 쓰레기통에 담긴 껍데기 위로 삐죽 튀어나온 머리통, 그것은 틀림없이 나였다!

소리를 내질렀지만, 그 소리는 목구멍에 걸려서 제대로 나오지 않았다. 밑도 끝도 없이 달아나라고 있는 힘껏 소리를 질렀다. 그런데 몸을 움직일 수가 없었다. 누군가 가슴을 누르고 있었다. 그제야 깨달았지만, 눈을 뜨고도 눈앞의 것들이 선명하게 보이지 않았다. 머리가 너무 아파서 다시 눈을 감아야 했다.

"조금만 참아요!"

침대 옆에 누군가가 서 있었다. 나는 억지로 눈을 떴다. 짙은 안개 너머를 바라보고 있는 듯 눈앞에는 사람의 희미한 형체 외에는 그 무엇도 보이지 않았다.

"움직이면 통증이 더 심해져요. 진통제를 놓았으니 곧 괜찮아질 거예요."

목소리는 또렷하게 들렸다. 들어본 듯한 목소리였다.

아직 내가 꿈에서 덜 깬 걸까. 미간에 잔뜩 힘을 주고 눈앞의 형체를 바라보았다. 다행히 조금씩 또렷해지고 있었다.

'녹두?'

정말 그녀일까. 아니면 그렇게 믿고 싶은 걸까. 나는 확인하기 위해 눈을 부릅떴다. 아니, 그러기 위해 애썼지만 쉽지 않았다. 눈앞의 형상이 또렷해지기 직전, 주삿바늘이 팔목을 찔렀고, 나는 다시 눈을 감고 말았다.

약간의 시간을 두고 겨우 다시 눈을 떴을 때, 눈앞에 서 있던 여자는 등을 돌렸다. 파란색 셔츠와 중단발머리. 어지럼증이 몰려왔다.

정신을 가다듬은 건 그로부터 꽤 시간이 지난 뒤였다. 두통이 사라지면서 정신이 맑아졌다. 조금 전에 일어났던 일들이 어디서부터가 꿈이고, 어디까지 현실인지 분간이 가지 않는 것을 빼면 기분도 나쁘지 않았다.

두꺼운 통나무로 만든 천장이 눈에 들어왔다. 한가운데는 좀 높다 싶었는데, 오른쪽으로 시선을 옮길수록 낮아졌고, 그 끝에 창이 보였다. 그리 크지 않은 창 너머로 파란 하늘과 솜털 같은 구름이 드러났다. 느린 속도로 흘러가는 구름을 잠시 바라보았다. 창 옆에 걸려 있는 그림 한 장이 바람에 살짝 흔들렸다. 나는 겨우 몸을 일으켜 사방을 돌아보았다.

좁고 아늑한 방이었다. 천장처럼 통나무를 쌓아 만든 벽이 무척 따뜻한 느낌을 주었다. 창 옆에 작은 테이블이 하나 있었고, 그 위에 놓인 붉은색 화분에 심어진 노란 꽃이 여린 바람에 살랑거렸다. 몸을 돌리자 침대가 붙어 있는 벽에는 상당히 커다란 그림이 걸려 있었다.

뜻밖에도 환각 속에서 보았던 그 여자의 그림이었다. 그림 속의 여자는 주름진 흰색 원피스를 입은 채 왼쪽을 바라보고 있었다. 맞바람을 맞고 있는 듯 머리칼이 뒤편으로 흩날렸고, 한 손에 붉은 장미를 들고 있었다. 비록 옆모습이긴 했지만 그녀가 틀림없다고 확신했다.

그림 바로 옆에 걸린 액자 속 사진을 보는 순간, 나는 놀라서 일어났다. 사진의 주인은 다름 아닌 나, 세인이었다.

'어떻게······?'

고개를 갸웃거리면서 창 쪽으로 다가갔다. 녹색 잔디가 깔린 정원, 노란 꽃들이 흐드러지게 피어 있는 울타리, 그 울타리를 따라 심어진 키 큰 나무들이 한눈에 들어왔다. 오른쪽 울타리 너머로는 새파란 호수가 보였다.

순간 머릿속에 낯익은 장면이 스쳐 지나갔다. 나는 테이블 옆의 문을 열고 밖으로 나갔다. 짧고 좁은 복도를 지나, 소파와 벽난로가 있는 거실을 지나쳐 밖으로 향했다. 두리번거리면서 정원 한가운데 멈췄다. 거기서 뒤를 돌아보았다.

"……아!"

길고 낮은 숨을 토해 냈다. 언젠가 녹두가 눈을 가린 채 데려갔던 곳에서, 내 기억을 해킹했다며 보여 주었던 바로 그 영상과 똑같았다. 노란색 장미 울타리는 물론이고, 빨간 지붕의 통나무집, 현관 옆의 커다란 호두나무와 그네. VR에서 보았던 것과 조금도 다르지 않았다. 다만 2층 테라스 난간에서 손을 흔들던 여자의 모습이 보이지 않았을 뿐……

'설마 이것도 기억을 스캔한 영상이야?'

그럴 리 없었다. 초고화질 영상과는 다르게 공기 속에 냄새가 다양했다. 무엇보다 손에 닿은 창틀의 느낌도 또렷했고 창밖 풍경의 원근감도 사실적이었다. 나는 머리를 두어 번 가로저었다. 그러자 문득 도시철도 환승역에서 검은 양복들과 뒤엉켜 싸웠던 기억이 떠올랐다. 그리고 세인이 엄마를 만나러 가야겠다고 한 말도 함께 떠올랐다.

'그렇다면 비관리 구역?'

나는 이끌리듯 울타리를 넘어 호수가 있는 쪽으로 걸음을 내디뎠다. 동시에 두리번거렸다. 세인을 찾았지만 그의 모습은 어디에도 보이지 않았다.

그런데 그때, 숲 쪽에서 뭔가 움직였다. 녹두가 내 기억을 해킹했을 때 걸었던 오솔길 쪽이었다. 나는 그편을 향해 걸음을 옮겼다. 인기척이 강하게 느껴졌다.

오솔길에 다다른 나는 다리의 통증을 무릅쓰고 소리가 나는 쪽으로 뛰기 시작했다. 숲으로 들어가자 안쪽에서 후다닥 움직이는 검은 그림자가 보였다.

나는 검은 그림자를 쫓아갔다. 놈은 빼곡한 나무들 사이를 요리조리 빠져나갔다. 눈여겨보니 황색 후드티를 입고 검은색 마스크를 쓰고 있었다.

'누굴까?'

침을 꿀꺽 삼키며 놈을 따라잡기 위해 서둘렀다. 다리 외에도 머리와 허리에서 통증이 느껴졌다. 하지만 걸음을 늦추지 않았다.

그런데 놈이 시야에서 갑자기 사라졌다. 나는 뛰던 방향으로 그대로 내달으며 숲을 유심히 살폈다. 어느 순간,

잎은 크지만 키는 작은 나무들이 움직였다. 그 방향으로 달리자 가로로 쓰러져 있는 나무가 나타났다. 얼른 나무 위에 올라 앞으로 뛰어내렸다.

하지만 놈은 또다시 몸을 감추었다. 앞은 웅덩이였고, 그 너머는 경사진 비탈이었다. 나는 숨을 헐떡이면서 사방을 돌아보았다. 나무와 나무의 틈새, 무성한 잡풀 사이, 혹시나 하는 생각에서 고개를 들어 위쪽까지 살폈다. 놈의 모습은 어디에도 보이지 않았다. 갑자기 찾아온 숲의 고요가 두렵게 느껴졌다.

"헉…… 헉!"

나의 거친 숨소리만 숲에 울렸다. 바짝 긴장한 채로 조심스레 웅덩이 쪽으로 내려섰다. 거기서 다시 한번 이곳저곳을 빠르게 살폈다.

바로 그때, 넘어진 채 썩어 있는 굵은 나무 뒤에서 놈이 나타나 달려들었다. 나는 반사적으로 내게로 뻗어 온 놈의 팔을 붙잡아 내동댕이쳤다. 그리고 앞으로 몸이 기운 놈을 발로 밀어냈다. 놈은 무게 중심이 무너지면서 코를 박고 넘어졌다. 하지만 또 곧바로 일어나 쓰러진 나무 건너편으로 뛰어갔다. 그러고는 예닐곱 걸음 뛰다가 다시 멈

쳤다.

'놈이 나를 끌어들이고 있나? 함정이 아닐까.'

무턱대고 놈을 쫓아온 것이 후회됐다. 이곳이 비관리 구역인 것은 분명해 보이니까 제3 거류지처럼 위험할 것 같지는 않았다. 하지만 확신할 수는 없었다. 아빠라면 비관리 구역이라고 그냥 두지 않을 것이고, 감시자 한둘 보내는 것 정도는 일도 아닐 터였다. 하지만 다른 의문도 솟아났다.

'아빠가 보낸 사람이라면 왜 먼저 나를 공격하지 않았지?'

잠시 망설였다. 놈을 더 쫓아야 할지, 다시 돌아가 세인을 찾아야 할지. 나는 앞으로 나아가는 대신 뒤로 한 걸음 물러났다. 세인을 찾는 게 먼저란 생각이 들어서였다.

그런데 바로 그때였다. 내가 물러나길 기다렸다는 듯 앞쪽 낙엽 더미 속에서 뾰족한 나무 창살이 날아왔다.

"윽!"

나는 몸을 뒤로 젖혀 피했다. 그러자마자 이번엔 그물이 덮쳐 왔다. 앞구르기를 하며 가까스로 벗어났다.

더 이상은 안 되겠다 싶었다. 함정인 게 분명해 보였지만 오기가 생겼다. 나는 바로 앞에 있는 나무 위로 기어올라 갔다. 그리고 굵은 나뭇가지를 타고 최대한 조용히 그 옆 나무로, 또 옆 나무로 큰 나무 쪽으로 이동했다. 동시에 귀를 기울여 소리를 붙잡았다. 눈을 부릅뜨고 아래쪽에서 움직이는 물체를 찾았다.

얼마나 시간이 지났을까. 뚜둑, 낯선 소리가 났다. 왼쪽 아래였다. 가만히 지켜보고 있자 무성한 잎 사이로 검은 물체가 희미하게 보였다. 숨을 죽이고 조금 더 기다리다가 나는 찬찬히 나뭇가지 사이로 움직였다. 소리가 나지 않도록 아주 조심하면서.

그러나 너무 느리면 안 되겠다 싶었다. 나는 두리번거리다가 밤송이처럼 생긴 나무 열매 하나를 조심스럽게 땄다. 숨을 몰아쉬고 그것을 왼쪽 옆을 향해 힘껏 던졌다. 그것은 이파리 사이를 날아가 저편에서 툭, 소리를 내며 떨어졌다. 소리를 들은 검은 물체가 움직이는 순간을 노려 나는 아래쪽 나뭇가지로 훌쩍 뛰어내렸다.

놈과의 거리가 아주 가깝지는 않았다. 나는 열매를 하나 더 땄다. 굵은 나뭇가지 뒤로 몸을 단단히 숨기고 열매를 내가 숨은 나무 바로 아래로 떨어뜨렸다.

툭, 투툭!

소리가 들렸다. 속으로 열댓을 세었을 때, 놈이 이편으로 찬찬히 걸어오고 있는 게 보였다. 조금 더 기다리다 놈이 걸음을 멈췄을 때, 나는 다이빙하듯 뛰어내렸다. 도시 정벌 게임을 할 때, 반대편 건물 창으로 뛰어들 때처럼 귓가에서 바람 소리가 들렸다.

나는 놈의 어깨를 잡아채며 바닥으로 굴렀다.

"우아아악!"

놈의 비명이 고요한 숲에 크게 울렸다. 나는 놈의 배 위에 올라타 얼굴을 가리고 있던 검은색 마스크를 벗겨 냈다.

"……너!"

순식간에 온몸에 기운이 쭉 빠졌다. 뜻밖에도 놈은 3-21, 아니 은별이었다.

"헤헤!"

은별이 아이처럼 천진하게 웃으며 양손의 엄지를 들어 보였다.

"하아…… 뭐야, 넌?"

나는 거칠게 물었다. 하지만 은별은 대답하지 않고 스마트 워치를 실행했다. 홀로그램이 나타나자 은별은 그

화면을 내 쪽을 향해 돌렸다.

나는 할 말을 잃었다. 화면에 있는 사람은 녹두였다!

"거봐요. 이상 없을 거라 그랬잖아요."

은별의 그 말에 더 화가 났다.

"무슨 말을 하는 거예요? 이 녀석에게 나를 시험해 보라고 한 거예요?"

"미안해. 너의 상태를 알아보고 싶었어."

녹두가 미소를 지으며 말했다.

"휴먼 AI 3-17호라는 기계가 정상적으로 작동하는지 확인하고 싶었던 것이로군요."

내가 자조적으로 말하자 홀로그램 속의 녹두는 손을 내저었다.

"아니, 그런 뜻이 아니야. 너는 여덟시간 만에 깨어났어. 큰 부상은 아니지만 머리를 세게 얻어맞아서 상태가 어떨지 몰랐거든. 생체 치료도 잘 끝났다고 들었어."

"……."

"그리고 네 CPU에 오작동이 있었어. 원인은 바이러스 때문인 듯하고. 일단 원격 진료를 통해서 어느 정도 복구는 했어. 그래서 네가 정상적으로 움직일 수 있는지 확인해 보고 싶었을 뿐이야.”

“복구라니요?”

“누군가 네 CPU에 손을 댔어. 그래서 위성지구에 있는 동안 네 몸이 제 기능을 못 했던 거고.”

“도대체 누가…….”

되묻다가 깨달았다. 주치의였다. 지금까지 내 몸을 마음대로 만질 수 있었던 사람은 그 외에는 없었으니까. 그래서 질문을 바꾸었다.

“뭐가 문제였나요?”

“네가 더 잘 알 텐데? 뭔가 많이 달라진 느낌 안 들었어?”

물론 그런 느낌이 들었다. 게임을 할 때, 그리고 제3 거류지에서 리아가 납치되었을 때와는 달랐다.

“그게 그래서였군요. 누군가 내 몸에 장난을 쳐서.”

“그래, 네가 병원에 다녀온 후로 내가 너를 찾지 못한 것도 그 때문이야. 네 CPU가 외부에 노출되지 않도록 방화벽을 단단히 쌓았어.”

“주치의 선생님이요?”

“아마 그랬겠지? 그 바람에 네 CPU는 스스로 외부와의 접속을 최소화했어. 그래서 너도 외부 데이터를 끌어다 쓸 수 없게 된 거고. 원격 진료도 쉐도우 터널로 했어. 참, 블록 테이프까지 사용하고 있었다면서?"

"그건 무장 순찰대의 추적을 피하기 위해서 어쩔 수 없이⋯⋯."

"알아. 잘 했어. 하지만 그럴 경우 네 활동성도 저하돼. CPU와 생체의 유기적인 인터랙션이 원활하지 못한 상태가 돼."

이해가 잘 되지는 않았지만, 어렴풋이 짐작은 할 수 있었다. 주치의가 무슨 조치를 해야겠다고 중얼거리던 말도 생각났다. 몹시 불쾌해진 나는 괜히 녹두에게 화를 냈다.

"당신은 내 몸에 어떤 장난을 쳤나요?"

"그게 무슨 말이야?"

"복구했다면서요. 원격 진료했다고 하지 않았어요? 이젠 내가 당신들의 말을 잘 듣도록 만들었나요?"

"그게 아니란 거 알잖아."

"아까 시험이라고 했죠? 솔직히 그보다는 내가 며칠 동안 무슨 일을 겪었는지, 정말로 무사한 건지 먼저 물어야 하지 않나요? 당신은 나를 추적할 수 있으니까 그런 건 필요 없는 건가요?"

"흥분하지 마. 이제 안심해도 돼. 세인이 부상당한 너를 비관리 구역으로 옮겼어. 세인의 엄마가 계신 곳이지. 당분간 안전할 거야. 내가 곧 데리러 갈게."

어이가 없어 나는 피식 웃었다. 그 말이 아니잖아요, 라고 말하려다가 참고 다른 말을 꺼냈다.

"그래요. 구해 준 건 고마워요. 당신이 가장 먼저 생각났어요. 어쩔 수 없이……."

그 사실을 인정하자 시원하면서도 그런 자신이 한없이 무력하게 느껴졌다.

"어쨌든 모든 진실을 확인하고도 이렇게 살아남았으니 일단 당신에게 고마워해야겠죠. 그런데 나야 당신이 필요했지만, 당신은 왜 나를 찾았나요?"

"……."

"어차피 난 당신 말대로 폐기됐어야 하는 몸이에요. 다만 아예 개발 계획도 없는 휴먼 AI 4세대 덕분에 운 좋게 살아남았죠. 그래서 며칠 더 덤으로 살았어요. 그런데 그게 무슨 의미가 있죠? 당신은 알겠죠. 그러니 나를 다시 살렸을 테고. 자, 이제 무엇을 할까요?"

지금의 기분을 한마디로 표현하기 어려웠다. 살았다는 안도감은 잠시였고, 뭘 해야 할지 알 수 없어서 허탈하고 불안했다. 그 때문에 내 말은 점점 더 뾰족하게 질주했다.

"지금 무슨 말을 하는 거야?"

"그냥 솔직히 말해 주세요. 반시연대 가입? 제가 어게 인스터가 되길 바라시나요?"

"그건⋯⋯."

"그래서 나를 쫓아다닌 거 아니었어요?"

나는 집요하게 물었다. 차라리 그녀로부터 '그래, 네가 필요해'라든지, '네가 우릴 도와주었으면 좋겠어'라는 말을 듣고 싶은지도 몰랐다. 어쩌면 그게 유일하게 내가 살아야 하는 이유일지도 모르니까.

녹두는 머뭇거리기만 할 뿐 선뜻 대답하지 않았다. 나는 재촉하듯, 그녀에게서 시선을 떼지 않았다.

"내 한계 수명이 고작 1년 남았다고 했죠? 주치의도 그러더군요. 그런 내가 뭘 할 수 있을까요?"

그때 뒤편에서 발소리가 들리고 기척이 느껴졌다. 나는 재빨리 돌아보았다.

"반시연대는 내가 부탁할게."

뜻밖에도 리아였다.

"네가 어떻게 여기에……?"

놀란 나를 마주 본 리아는 살짝 눈웃음을 지었다.

"네가 나를 찾았다며? 위성지구에서 쓰러졌을 때 말이야. 세인에게 들었어. 녹두 언니한테는 내가 연락했고."

"……."

"아무튼 지금은 네가 빨리 건강해지는 게 우선이야. 녹두 언니 덕분에 네 CPU도 70퍼센트는 복구되었고, 생체 회복 속도도 아주 빨라. 확실히 넌 달라!"

나는 숨을 몰아쉬었다. 전혀 놀라지 않는 리아 때문에 내 놀라움은 배가 되어 어지러웠다.

"너는 언제부터 내가 패티 티슈라는 걸 알고 있었지? 녹두가 말했어?"

"일부러 자신을 패티 티슈라고 깎아내리지 마."

내 물음에 리아는 진지한 표정으로 말했다. 하지만 그 말이 나를 더 쓸쓸하게 만들었다. 리아가 뒤로 돌아 걷기 시작했다. 나도 따라가려는데 은별이 다가와 낮은 목소리로 말했다.

"이야기 끝나면, 비관리 구역 입구로 와요. 거기서 기다릴게요. 녹두 누나가 데리러 온다고 했어요."

나는 끄덕인 후 계속 리아를 쫓았다.

리아는 붉은 소나무 쪽을 향해 걸었다. 너머에 파란 하늘이 보였다. 파란 하늘 아래에, 또 새파란 호수가 시야에 나타났다.

"네가 세인이 아닐지도 모른다는 생각을 한 건, 네가 다시 교육원에 나오기 시작한 지 한 달쯤 되었을 때야. 네 오른쪽 귀 뒤에 흉터가 없었어. 세인은 거기에 아주 큰 흉터가 있거든. 나랑 어릴 때 놀다가 다친 상처야. 피가 많이 났었는데."

"……!"

"이거 기억 나? 네가 아주 중요하다고 했어."

리아는 주머니에서 녹색 끈에 매달린 별 모양의 펜던트를 꺼냈다. 나무를 깎아 만든 것이었고, 손때가 잔뜩 묻어 거뭇거뭇했다. 나는 그것과 리아의 얼굴을 번갈아 쳐다보았다. 그러자 리아가 말을 이어 나갔다.

"세인이 아주 어릴 때 할아버지가 준 선물이랬어. 왜 별인지 알아? 세인이 그랬어. 할아버지가 살던 곳에서는 별이 보인다고. 동맹시에서는 별이 보이지 않아. 미세먼지와 밤새도록 켜 놓는 보안등 때문이지. 그래서 할아버지가 어디서나 별을 보라고 깎아 주셨대. 세인의 할아버지는 제2 위성지구에서 돌아가셨고, 그 뒤로 세인은 한동안 제2 위성지구에 가지 못했어. 아버지가 가지 못하게 했으니까.”

“……기억 나지 않아.”

“세인이 치료를 위해서 병원에 장기 입원하기 전에 내가 이걸 빌렸고, 너는 퇴원하자마자 꼭 돌려 달라고 신신당부했어. 그런데 넌 퇴원한 지 1년이 지나도록 이것에 대해 아무 말도 하지 않았지.”

“…….”

“당연해. 아무리 복제 기술이 발달해도 모든 기억을 다 스캔할 수는 없어. 디테일이야말로 복제 기술이 넘어야 할 최대의 문제라고 하더라. 어쨌든 그 덕분에 너를 의심하게 됐고…….”

“그래서 녹두에게 말한 거야?”

“처음부터 그런 건 아니야. 언젠가 네가 스스로 알아차리기를 바랐어.”

리아의 말을 믿어야 할지 알 수 없었다. 나는 숨을 길게 한번 내쉬고 하늘을 올려다보았다.

"하지만 그저 기다리기에는 시간이 많지 않더라."

나는 그 말에 자신도 모르게 인상을 찌푸렸다.

"시간이라니. 나의 한계 수명을 말하는 거야?"

내 질문에 리아가 고개를 끄덕였다. 안다미로, 그것을 얻기 위해서 무엇이든 해야 한다던 네오 호크의 말이 떠올랐다. 나는 이를 악물고 계속 걸었다.

소나무 숲을 완전히 빠져나오자 탁 트인 호수가 눈앞에 펼쳐졌다. 나는 걸음을 멈추고 리아의 눈을 보며 물었다.

"반시연대는? 정말 너도 반시연대 소속인 거야? 도대체 네가 왜 그런 일을……?"

리아는 대답 대신, 턱짓으로 호수 쪽을 가리켰다.

그림 속 여자가 그곳에 서 있었다.

거짓말

"아!"

나도 모르게 낮은 탄성을 내뱉었다. 아주 가까운 거리
는 아니어서 얼굴은 확인할 수 없었지만, 그 사람이라고
생각하니 가슴이 뛰었다. 그녀에게서 멀지 않은 곳에 세
인도 있었다.

"조금 놀라시긴 했지만, 지금은 괜찮으실 거야. 어차
피……."

리아는 뒷말을 흐렸다. 슬쩍 쳐다보니, 리아도 무엇을
어떻게 말해야 할지 모른다는 표정이었다.

"세인의 어머니는 이곳 외의 바깥 세상 모든 걸 차단하

셨어. 보이는 것, 들리는 것, 무엇에도 관심 두지 않으려는 것 같아."

위성지구 병원에서 도망 나오면서 세인이 했던 말이 떠올랐다. 나는 울컥거리는 가슴을 진정시키기 위해서 숨을 크게 들이쉬었다.

"그래도 응급처치를 해 준 건 어머니셨어. 그다음엔 의사분의 도움을 받았지만…… 그러니 세인 어머니가 정말 아무것도 신경 쓰지 않는 건 아냐."

뭔가 불편했는지 리아는 변명처럼 뒷말을 덧붙였다. 나는 그 말이 이해가 될 듯 말 듯 했다.

'그녀는 나를 보고 무슨 생각이 들었을까? 기분은 어땠을까? 내가 엄마라고 불렀던 그분처럼, 구토라도 하지 않았을까?'

그런 생각을 하며 나도 모르게 아랫입술을 깨물었다.

바람이 불었다. 여자의 흰 옷자락이 흔들렸고, 그 너머에서는 호수의 물이 일렁이며 햇빛에 반짝거렸다. 문득 가까이서 그녀를 보고 싶다는 생각이 들었다. 하지만 그 생각을 하자마자 나는 고개를 저었다. 내가 무슨 자격이 있을까 싶었다. 리아가 가만히 입을 열었다.

"두 사람은 곧 떠날 거야."

나는 리아를 바라봤다.

'떠난다니, 그게 무슨 뜻이지? 어디로?'

"세인의 엄마는 비관리 구역에 사시니까 저렇게 평화로울 수 있는 거 아닐까? 아마 동맹시에서 살았다면 견디기 힘드셨을 거야. 세인도 이제는 그 평화를 누릴 권리가 있어. 동맹시의 손길이 닿지 않는 곳에서 말이야."

나는 '평화'라는 단어를 반복적으로 되뇌었다. 그 말이 참 낯설게 들렸다. 그런데 '동맹시의 손길이 닿지 않는 곳'이라니?

"그런 곳이 있을까?"

나는 물었다.

비관리 구역은 동맹시에서 참견하지 않는다고는 하지만, 그것은 비관리 구역의 사람들이 동맹시에 어떤 욕심도 품지 않기 때문이었다. 마음만 먹으면 동맹시의 손길은 어떤 식으로든 비관리 구역에까지 미칠 것이다.

"없겠지? 그래서 세인은 더 멀리 떠나려는 거야."

리아의 대답은 내 질문보다 훨씬 더 쓸쓸하게 들렸다.

"세인은 동맹시에서는 아무것도 하지 않고, 그림을 그

리고 7-큐브에만 갔어. 엄마가 그린 그림을 보느라 그곳
에 종일 머문 적도 있었어."

나는 고개를 끄덕였다. 세인의 기억이 내게 이식되었음
이 새삼 실감이 났다. 마치 정말로 내 기억처럼 생생했다.

그때, 세인이 가까이 다가와 나를 쳐다보았다. 그 눈빛
의 의미를 알 수 있었다. 괜찮냐고 묻고 있는 것이었다. 나
는 살짝 고개를 끄덕였다. 그러자 심각한 어조로 말했다.

"비관리 구역 입구에 감시 드론을 띄웠는데, 동맹시 차
량이 감지됐어. 이쪽으로 오고 있어."

"무슨 말이야? 혹시 너희 아빠?"

리아의 물음에 세인이 고개를 끄덕였다.

"예상했던 일이야. ……넌 이제 최대한 동맹시에서 멀리 떠나. 그래야 살 수 있어."

세인은 리아에게 대답하고는 곧바로 내게 말했다. 그러자 리아는 주저 없이 나의 팔을 끌어당겼다. 오솔길 방향이었다. 숲으로 들어가기 직전에 돌아보았을 때, 세인은 호숫가로 다가가 엄마의 옆에 서 있었다. 무슨 대화를 나누는지 그녀가 고개를 들어 세인을 올려다보았다. 세인은 고개를 끄덕이며 웃었다. 둘은 호숫가 오두막으로 함께 걸음을 옮겼다.

"가야 해. 시간이 없어."

알고 있었다. 리아의 말이 아니라도, 녹두가 기다린다고 했으니 서둘러야 했다. 하지만 발걸음이 떨어지지 않았다. 아까 리아가 했던 말이 머릿속을 맴돌았다.

'평화.'

나는 걸음을 멈추고 호수 쪽으로 한 걸음 내디뎠다.

"어쩌려고?"

리아가 팔을 붙잡았다.

"내가 가야겠어."

"지금 무슨 말을 하는 거야?"

"내가 여기 남아 있다가 세인 대신 아빠……를 따라가
야겠다는 뜻이야. 어차피 나는 세인을 위해서 태어났잖
아. 그게 내 역할이잖아."

"진심으로 하는 말이야? 그게 무슨 뜻인지 알아?"

"응. 내가 아빠를 따라가는 동안, 세인은 엄마와 함께
여길 떠나면 되잖아. 내가 시간을 벌 수 있어. 위험하다는
거 알지만 해 볼래. 그러다 정말 잘못된다면……. 그건 나
중에 생각하기로 해."

말을 멈춘 뒤 나는 굳은 표정의 리아를 향해 미소를 보
이고 찬찬히 걸음을 옮겼다. 솔직히 내가 잘하고 있는지
알 수 없었다.

온갖 뒤엉킨 생각을 끌어안고 나는 세인과 엄마가 들
어간 오두막으로 향했다.

세인은 거실의 창가 한쪽에, 그리고 세인의 엄마는 그
옆 흔들의자에 앉아 있었다. 내가 들어서자 세인의 엄마
는 나를 쳐다보고 몸을 움찔 떨었다. 그러더니 한 손으로
가슴을 쓸어내렸다. 그 이상은 놀라지 않았다. 당신이 직

접 응급처치를 해 주었으니까. 도리어 내 쪽이 긴장한 바람에 침을 꿀떡 삼켜야만 했다.

"무슨 일이지? 왜 아직 여기에 있어?"

세인이 나를 쳐다보더니 물었다.

"네가 가. 내가 이곳에 남을게."

나는 주저 없이 단호하게 말했다. 주저하면 미련이 남을 것 같아, 내 목소리는 어느 때보다 확신에 차 있었다.

"무슨 말이야?"

"아직 시간이 있어. 아빠는 내가 이곳에 온 것을 아직 모를 수 있어. 그리고 한참 떨어져 지낸 너보다 내가 아빠에게 더 익숙하지 않겠어?"

"네가 지금 무슨 말을 하는지는 알고 있는 거야?"

세인이 나를 향해 네댓 걸음 다가오면서 되물었다.

"이곳을 떠난다며? 나는 아빠와 동맹시로 되돌아갈 테니까. 너는 엄마와 떠나면 되잖아. 물론 들킬 수도 있겠지만 시간은 벌 수 있어."

"너, 지금……!"

"그렇게 하게 해 줘! 그게 내 역할이잖아."

나는 반발하려는 세인에게 힘주어 말했다.

"하아……."

세인이 깊은 한숨을 내쉬었을 때, 밖에서 차 멈추는 소리가 거칠게 들려왔다. 나는 세인의 엄마를 향해 걸어갔다. 세인의 옆을 지나칠 때, 눈이 마주쳤다. 세인의 눈이 물빛으로 반짝였다.

"나가요, 엄……!"

튀어나오려는 말을 다시 삼켰다. 나도 모르게 가족 놀이를 해 보고 싶었던 것은 아닐까. 그런 생각을 하자, 그런 말을 떠올린 자신이 우스웠다. 난 그 누구의 아들도, 형제도 될 수가 없는데.

다행히 그녀는 그다지 놀라는 것 같지 않았다. 나는 조심스럽게 그녀를 일으켜 세웠다. 그런 다음 현관 쪽으로 이끌었다. 돌아보았을 때, 세인은 뒷문 쪽으로 천천히 물러나고 있었다.

현관을 나서자 심장이 아프도록 뛰었다. 오두막 바로 앞에 멈춘 차에서 까만 양복을 입은 남자가 내리는 모습이 보였다. 아빠였다.

아빠는 선글라스를 벗어 위쪽 주머니에 넣고는 곧바로 이쪽을 향해 다가왔다. 심장이 몹시 두근댔다. 진정해야 해. 자신에게 수십 번도 더 말했다. 그런 나의 심정을 알아차린 것일까. 세인의 엄마가 내 손을 잡았다. 내 손이 차가워 그녀의 손이 따뜻하게 느껴졌다.

"아빠, 나는 그냥……."

세인이라면 그랬을 것 같아서 나는 변명하려는 척 주저하며 입을 열었다. 그러나 잘못된 것일까? 아빠는 내 말을 단칼에 잘랐다.

"병원에서 도망쳐서 고작 여기에 온 거야? 어린애처럼 엄마가 보고 싶기라도 했어? 한동안 잠잠해서 이제 정신 좀 차리나 했었는데."

그러고는 내 팔을 잡아끌어 나는 두어 걸음 이끌려 갔다. 하지만 세인의 엄마가 나의 다른 쪽 팔목을 붙들었다. 그러자 아빠가 말했다.

"당신 아들을 위해서야. 내가 수도 없이 말했잖아. 동맹시를 벗어나는 순간, 불행해지는 거라고. 당신 아들이 위성지구도 아닌 이런 곳에서 다른 표류자들과 함께 떠돌이로 사는 걸 원하는 거야? 내가 왜 목숨 걸고 동맹시로 가려 했는지 아직도 몰라?"

"……!"

"난 당신과 세인을 위해서 최선을 다했어. 달마다 찾아와 당신을 돌봤고, 생활비 모두 대고 있잖아. 당신 그림도 7-큐브에 전시하게 해 주었고. 나는 할 만큼 했어."

마치 1인극을 하듯, 아무 반응도 없는 그녀를 향해 아빠는 말했다. 하소연처럼 들리기도 했다.

"아빠를 따라갈게요. 엄마, 너무 염려하지 마세요."

담담하게 말하며 나는 천천히 세인의 엄마 손을 빼냈다. 이상하게도 엄마라는 말이 어렵지 않게 나왔다.

"미안해요, 아빠. 다만, 그냥 엄마를 한번 보고 싶었을 뿐이에요. 이제 됐어요. 어서 가요."

몇 마디만 했을 뿐인데, 심장이 거칠게 뛰었다. 다행히 아빠는 의심하지 않고 몸을 돌렸다. 다섯 걸음쯤 앞서가는 아빠의 뒤를 따랐다. 뒤를 돌아보자 세인의 엄마가 이쪽을 바라보고 있었다.

'됐어. 이게 내가 해야 할 일이야.'

포장되지 않은 길이라 차가 심하게 덜컹거렸다. 나는 창밖으로 시선을 던진 채 아무 말도 하지 않았다. 아빠도 나무가 빼곡한 숲길을 다 지날 때까지 입을 열지 않았다.

차는 숲을 지나 황량한 들판을 지났다. 오래된 도로였

지만 비포장길보다는 덜 흔들렸다. 길가에 안내 표지판이 눈에 들어왔다.

— 제2 위성지구 33킬로미터. 이 지역은 스마트 도로가 아니므로 수동 운전을 권장합니다.

"엄마가 보고 싶었니?"

갑작스러운 아빠의 물음에 나는 바로 대꾸하지 못했다. 어색했다. 다른 질문들과는 달리 세인의 친엄마에 대한 물음만큼은 내 것 같지 않았다. 나에게 공유된 세인의 기억 중에, 세인의 엄마에 대한 것은 그다지 많지 않았다. 그래서 나는 '세인은 이럴 때 어떤 대답을 했을까?'하고 생각했다. 하지만 끝내 대답을 찾아내지 못했다.

"저번처럼 강 박사에게 귀띔이라도 했으면 내가 여기까지 올 일이 없었잖아. 그래, 심장은 괜찮은 거니? 뛸 때 불편하지는 않고? 강 박사 말로는 아직 무리하면 안 된다고 조심하라고 하던데."

표정은 딱딱했지만 아빠의 목소리는 매우 친절했다. 그런 목소리는 동맹시에 있을 때 단 한 번도 들어본 적이 없었다. 물론 아빠가 지금 나를 세인이라고 착각하고 있어서 그럴 것이다. 가슴속에 찬 바람이 훅 파고드는 기분에 이를 꽉 물었다.

"괘, 괜찮아요. 많이 좋아졌어요. 강 박사님이 잘 보살펴 주셨어요."

넘겨짚어 말했다. 세인이 심장이 좋지 않았다는 사실은 기억에 없었다. 세인이 말해 주지도 않았고.

다행히 아빠는 내 말에 고개를 끄덕였다.

"그렇다면 좀 덜 걱정해도 되겠구나. 엄마랑은 무슨 이야기를 했어? 비관리 구역에서 함께 살자고?"

"아니요. 어차피 엄마가 아무 말도 하지 않는 건 아빠도 잘 아시잖아요. 그냥 내가 이곳에 오고 싶었어요. 병원에만 있기가 너무 답답했어요."

내 대답에 아빠가 갑자기 피식 웃었다. 틀림없는 비웃음이었다. 나는 머리칼이 쭈뼛 서는 듯한 느낌에 사로잡혔다. 무슨 말이라도 더 해야 할 것 같았다. 그런데 입 안이 메말라서 아무 말도 꺼내지 못했다.

그사이 차는 강변길로 들어섰다. 창 오른쪽으로 파란 강물이 길게 이어져 있었다.

"너도 지난번 시청 앞에서 벌어진 붉은 깃발 시위에 참석했었니?"

다시 아빠가 입을 열었다. 놀라 쳐다보자 기다렸다는 듯 고개를 돌린 아빠와 눈이 마주쳤다. 선글라스를 낀 아빠의 얼굴이 섬뜩하게 느껴졌다.

"그게 무슨……."

"대답해. 너도 거기 나가서 제3 거류지 생활자와 클론의 인권이 어떻고 하는 시위를 했느냐고 묻잖아."

"아빠, 저는 병원에……."

"네놈은 그게 가능하다고 생각하는 거야? 동맹시가 그리 만만하게 보여? 너도 동맹시에 빌붙어 살고 있잖아. 안 그래?"

"아빠……."

"그만해라. 네 입에서 아빠라는 소리를 들으니 역겹다."

순간, 나는 숨을 들이삼켰다. 뭔가 일이 잘못되었음을 직감했다.

"강 박사? 심장? 크큭! 그 병원에 강 박사란 사람은 없어. 세인이 아프다고? 아니, 아주 멀쩡해. 아픈 곳이라고는 한 군데도 없어! 다만 머리가 썩었을 뿐이지. 공부는 안 하고 그림이나 그리고 자빠진 거, 그게 걔 병이지!"

가슴이 철렁 내려앉았다. 아빠는 진작부터 내가 세인

이 아니란 걸 눈치채고 있었던 모양이었다. 그래, 심장에 문제가 있었다면 세인이 나와 함께 그렇게 뛰어다닐 수 없었겠지.

"이제 알겠어? 네놈이 무슨 짓을 했는지. 그 대가를 치를 각오는 했겠지?"

동시에 아빠는 오른쪽 주머니에서 뭔가를 꺼냈다. 얼핏 보니 주삿바늘 같았다. 아빠는 그것을 내 허벅지에 찔렀다.

"아악!"

"내가 분명히 말했지? 네 역할만 다하면 된다고. 감히 너 따위가 나를 기만해? 고작해야 몇 년 쓰고 버려질 패티 티슈 주제에!"

나는 조수석 유리창 쪽에 기댄 채 아빠를 쳐다보았다. 아빠는 선글라스를 낀 눈으로 나를 노려보았다.

"살려 주세요."

얼결에 그런 말이 나왔다. 그러자 아빠가 씩 웃더니 바이오 워치를 실행시켰다.

"최 박사, 30분 후면 제1 위성지구 시청 앞에 도착할 거요. 최 박사가 준 약물은 주입했으니 곧 잠들겠죠. 이 새끼 오늘 내로 리셋시켜요. 시간 얼마나 걸려요?"

"빠르면 이틀 정도 걸립니다. 최대한 서두르겠습니다."

"이틀은 너무 길어요. 내일 아침까지 해 봐요. 다 내가 책임질 테니까. 이 새끼랑 잠시라도 마주 보고 있는 게 역겨워 죽겠단 말이오. 그리고 무장 순찰대를 비관리 구역으로 보내 세인을 데려올 거예요. 그 애는 다시 병원에 입원할 테니까……. 아무튼 그렇게 알아요."

심장이 차갑게 식어버리는 느낌이 들었다. 나의 하찮은 꾀로 세인이 잘못되는 건 아닐까 걱정됐다.

'달아나야 해.'

반사적으로 조수석 쪽의 문고리를 잡았다. 하지만 철컥 소리만 날 뿐 문고리는 말을 듣지 않았다.

"도망이라도 가게? 지금 그게 가능할 것 같아? 저 앞을 봐! 네 눈에 뭐가 보이나."

무슨 소리인가 싶어 앞을 바라봤는데, 갑자기 길이 잘 보이지 않았다. 그 앞의 먼 산도, 오른쪽 옆의 강도 점차 희미해졌고, 동시에 온몸의 힘이 빠지기 시작했다.

"걱정하지 마. 당장은 폐기시키지 않고 네놈의 기억을 리셋해서 사용할 거야. 때가 되면 고통 없이 폐기해 줄 테니.”

그 말에 온몸이 굳어 버리는 느낌이 들었다.

나는 달아나기 위해 힘을 다해 오른쪽 팔꿈치로 유리
창을 세게 때렸다. 유리창은 꿈쩍도 하지 않았다. 이전처
럼 힘을 쓸 수가 없었다. 점점 더 정신이 몽롱해지고 있었
다. 가까스로 몸을 일으켜 아빠의 팔을 잡아당겼다.

“차 세워요!”

핸들이 꺾이면서 차가 이리저리 흔들렸다.

“이 새끼가! 저리 비키지 못해?”

아빠가 오른쪽 팔꿈치로 내 얼굴을 내리찍어서 나는
조수석 쪽으로 다시 처박혔다. 하지만 다시 일어나 반복
해서 아빠를 흔들었다. 그러자 아빠가 더 큰 힘으로 나를
밀어냈다.

나는 한 번 더 몸을 바로 세웠다. 하지만 거기까지였다.
뭔가 내 머리를 겨누고 있었다. 총이었다. 아빠의 책상 위에
서 강렬한 빛으로 나를 꼼짝하지 못하게 했던 바로 그 총.

"아……."

얼결에 아빠란 말이 나올 뻔했지만, 그의 눈빛을 보는
순간 이제 더는 그런 말이 나오지 않았다.

잠깐 사이, 차가 무엇을 밟았는지 심하게 덜컹거렸고,
총을 든 아빠의 손이 춤을 추듯 흔들렸다. 나는 재빨리 그
손을 붙잡았다.

"이 새끼, 이거 안 놔!"

"안 돼요!"

소리를 지르며 아빠의 손에서 총을 빼내려고 애썼다.
그러다가 어느 순간 총소리가 들렸다. 탄환은 내 귓가를
스치고 유리창에 박혔다. 유리창 주위에 파문처럼 금이
간 게 보였다.

"이 패티 티슈가……."

나는 있는 힘을 다해 아빠의 한쪽 팔을 붙잡고 팔목을 꺾었다.

"아악!"

아빠가 비명을 지르며 총을 놓쳤다. 총은 운전석 아래쪽으로 굴러떨어졌다. 나는 재빨리 한쪽 팔꿈치로 이미 금이 간 조수석 유리창을 때렸다.

퍼퍽! 퍽!

두어 번 내리찍자 유리창이 부서졌다. 창밖으로 몸을 내미는데 아빠가 손을 뻗어 내 뒷덜미를 붙잡았다. 거칠게 뿌리치자 차가 끼이익, 요란한 소리를 내면서 요동을 쳤다. 속력은 줄어들고 있었다. 나는 발버둥 치며 아빠를 밀쳐 냈다.

순간 차 방향이 꺾이면서 노란색 가드레일을 들이받았다. 차는 비탈 아래의 강으로 추락하기 시작했고, 나는 정신을 잃었다.

2권에 이어집니다.

레플리카 1
조작된 기억

© 한정영, 2022

초판 1쇄 인쇄일 2022년 7월 19일
초판 1쇄 발행일 2022년 8월 3일

지은이	한정영
그린이	불키드
펴낸이	강병철
디자인	박정은
마케팅	최금순 오세미 공태희
제작	홍동근

펴낸곳	이지북
출판등록	1997년 11월 15일 제105-09-06199호
주소	(04047) 서울시 마포구 양화로6길 49
전화	편집부 (02)324-2347, 경영지원부 (02)325-6047
팩스	편집부 (02)324-2348, 경영지원부 (02)2648-1311
이메일	ezbook@jamobook.com

ISBN 978-89-5707-246-2 (44810)
       978-89-5707-248-6 (세트)

잘못된 책은 교환해드립니다.

"콘텐츠로 만나는 새로운 세상, 콘텐츠를 만나는 새로운 방법, 책에 대한 새로운 생각"
이지북 출판사는 세상 모든 것에 대한 여러분의 소중한 콘텐츠를 기다립니다.
ezbook@jamobook.com